Samantha Alexander
lebt mit Mann und Sohn, Vollblut Bunny, der zahmen Gans Bertie und vielen anderen Tieren in Lincolnshire, England. Ihr Tagesablauf ist fast so spannend wie ihre Geschichten – sie schreibt Kolumnen für verschiedene Zeitungen und Zeitschriften, berät Teenager als Kummertante bei BBC Radio Leeds und reitet in ihrer Freizeit regelmäßig Springturniere und Dressuren.

In der Reihe »Winners« bereits erschienen:
Blitzstart
Jockeyträume
In vollem Galopp
Auf der Zielgeraden

Winners

Samantha Alexander

Auf der Zielgeraden

Aus dem Englischen von
Marion Eichhammer

UEBERREUTER

ISBN 3-8000-5024-2

Aus dem Englischen von Marion Eichhammer
Originaltitel »Race To Glory«
First published in 2002 by Macmillan Children's Books

Umschlaggestaltung von Werkstatt · München / Weiss · Zembsch
unter Verwendung eines Fotos von Digital Vision

Druck: Ueberreuter Print
1 3 5 7 6 4 2

Ueberreuter im Internet: www.ueberreuter.at

1

»Mach Platz!«, schrie ich gellend und Angst stieg mir in der Kehle hoch.

Das andere Rennpferd donnerte quer über die Bahn direkt auf uns zu, quetschte mein Pferd Murphy's Law und mich ein, drängte uns gegen die Seitenbegrenzung, warf uns aus der Bahn. Das musste in einer Katastrophe enden!

»Was zum Teufel machst du da?!«, schrie ich vergeblich, denn der Wind riss mir die Worte vom Mund, noch bevor ich sie recht geformt hatte.

Der andere *Jockey** schob sich noch näher heran. Steigbügel klirrten gegeneinander. Ich fluchte. Die Schultern der beiden Rennpferde rieben aneinander, trennten sich, berührten sich erneut. Murphy presste die Ohren an den Kopf. Vor uns lag ein anderthalb Meter hoher Sprung. Und wir auf Kollisionskurs. Und keine Rettung in Sicht. Einen Sekundenbruchteil lang sah ich das Gesicht des anderen Reiters. Und

* Alle *kursiv* gesetzten Ausdrücke findest du im *Rennbahn-Glossar* am Ende des Buches!

begriff: Das war kein Unfall. Es war vollste Absicht. Er ritt uns absichtlich über den Haufen.

Panik lähmte mich von Kopf bis Fuß. Ich verlor einen Steigbügel. Der drittletzte Sprung lag nur noch etwa drei Galoppsprünge von uns entfernt. Noch sechs Sekunden, fünf, vier, ... Die Seitenbegrenzung war viel höher als der Sprung selbst und stand in einem seltsamen Winkel dazu. Sie war dazu gedacht, die Pferde vor dem Sprung am Ausbrechen zu hindern, ihnen den korrekten Absprung zu erleichtern. Wir mussten entweder eine Vollbremsung hinlegen oder uns in die andere Richtung werfen und hinausspringen. Aber ich ritt auf dem großen, kraftstrotzenden Fuchs Murphy, der noch nie in seinem Leben einen Sprung verweigert hatte. Der war kein Drückeberger. Der starb lieber als zu bremsen. Der Knoten in meinem Magen zog sich zu, als ich spürte, wie er sich zum Absprung bereitmachte.

Der Rest des Feldes kämpfte sich weit abgeschlagen durch den zähen Schlamm der Bahn. Die Haupttribüne und die Zielgerade lagen außer Sicht hinter einer scharfen Rechtskurve in einem Kiefernwäldchen. Was Zeugen anging, hätten wir genauso gut mitten in der Wüste laufen können. Die Situation war hoffnungslos. Nur ich, der andere Reiter und die beiden Pferde. Und er ließ nicht ab.

»HAU AB!«, brüllte ich aus vollem Hals. Ich hoffte, dass er nachgeben und uns eine Lücke lassen würde, dass er uns nur einen Schreck hatte einjagen wollen. Aber nein! Er beugte sich noch tiefer über den Nacken seines Pferdes und bedrängte uns noch härter, eine bedrohliche schwarze Silhouette, die sich einen Dreck um das Leben der beiden Pferde scherte. Meine Panik erreichte ungeahnte Rekordmarken. Sekunden, bevor Murphy sich in die Luft warf, spürte ich, wie Zweifel ihn durchfuhr. Er verrenkte sich zum Gotterbarmen, um zusätzliche Höhe zu gewinnen, aber er hatte keine Chance. Es war einfach zu viel verlangt. Die Zeit verlangsamte sich und blieb stehen, während sich in mir Entsetzen ausbreitete.

Murphys Vorderbeine durchbrachen krachend die Hecke. Er überschlug sich und knallte mit den Nüstern voraus auf den Boden. Instinktiv wie jeder professionelle Rennreiter rollte ich mich zu einem engen Ball zusammen um Verletzungen zu vermeiden. Ausgestreckte Arme oder Beine brachen fast immer. Ich zog den Kopf zwischen die Arme, während Murphys enorme Masse über den voll gesogenen Boden schlitterte. Dreißig Sekunden später flogen dreizehn erschöpfte Pferde mit ihren Reitern über uns weg.

Geschrei, das Knallen der Stöcke, prasselnde Zweige. Ein Pferd quietschte panisch und warf sich zur Seite. Dann nichts außer dem Geräusch von Hufen auf tiefem, lehmigem Boden. Und sie waren fort.

Aber Murphy lag immer noch am Boden.

»Murphy!« Wie elektrisiert sprang ich auf.

Seine Augen verdrehten sich nach hinten, die

Flanken hoben und senkten sich schwer, er rang nach Luft. Das feurige, fuchsrote Fell war mit Schlamm und Schweiß getränkt.

»Murphy!« Mit fliegenden Händen zerrte ich an den Sattelgurtschnallen.

Ein Krankenwagen mit zwei Sanitätern raste an den weißen *Rails* entlang auf uns zu. Jede Sekunde musste ein Tierarzt auftauchen. Ich wusste, was nicht stimmte, es war nicht das erste Mal. Es war, als verausgabe er sich so sehr beim Rennen, dass keine Energie zum Aufstehen mehr übrig war, wenn er stürzte. Er konnte dann nur abwarten, bis das Leben wieder in ihn einsickerte.

»Er kommt in Ordnung, hundertpro. Gleich geht's ihm besser. Komm schon, Murphy, komm schon!« Der scharfe Wind biss nadelspitz durch das dünne Seidentrikot, bis ich ein erbärmlich zitterndes Häufchen war, aber instinktiv umklammerte ich Murphy weiter beschützend mit beiden Armen. Wenn ihm irgendwas passiert war …

Tosendes Geschrei erhob sich von der Haupttribüne, gerade als ein Landrover Zentimeter vor der Seitenbegrenzung schlitternd zum Stehen kam.

»Justina!« Ein junger Mann mit leuchtend roter Bommelmütze sprang heraus, in der Hand einen Führstrick und einen Futtereimer. Das war Scooby, ein guter Freund von mir und einer unserer Stalljungen in Dolphin Barn.

»Wo bleibt der verdammte Tierarzt?« Ein knorriger älterer Mann folgte ihm und hackte mit einem Spazierstock auf den Boden ein. Das war unser Chef, der den Rennstall Dolphin Barn verwaltete. Grau vor Sorge duckten sich die beiden unter den Rails durch und eilten auf uns zu. Es war, als sähe man zwei Gespenstern ins Gesicht.

Als er all die Menschen, die ihn am meisten liebten, um sich herum hörte, schnaufte Murphy tief und hob den Kopf. Ich bohrte mir die Finger in die Schläfen und dankte Gott. Er war in Ordnung.

Er schwang den Hals herum und kam ungelenk auf die Beine. Dann streckte er erst das eine Hinterbein, dann das andere. Über einem Auge hatte er einen Kratzer und er sah noch etwas benommen aus, aber nicht ernsthaft verletzt.

Vor Erleichterung war mir so schwach zumute, dass die Gesichter vor mir verschwammen. Erst jetzt spürte ich meine eigenen Schmerzen. Der Hals tat mir weh. Er fühlte sich an wie seit vierundzwanzig Stunden in einen Schraubstock gespannt. Man sagt, dass beim Sturz in einem bestimmten Winkel das Genick bricht. Langsam glaubte ich es.

»Was zum Teufel hat dieser kleine Drecksjockey mit dir gemacht?« Der Chef sprühte beinahe Funken, so wütend war er.

Ich wusste, dass weder der Chef noch Scooby, der mich an den Start geführt hatte, von dort, wo sie das Rennen beobachtet hatten, gesehen haben konnten, was geschehen war. Es hing ausschließlich von der strategisch neben dem Sprung angebrachten Kamera ab, ob die Wahrheit ans Licht kam.

»Hat Dougie gewonnen?« Ich musste es wissen, auch wenn mir der bloße Gedanke daran die Luftröhre zuschnürte.

Dougie Barnes war ein fieser Reiter, der jeden der Menschheit bekannten miesen Trick anwenden würde um zu siegen. Außerdem hasste er weibliche Jockeys. Er hatte öffentlich erklärt, dass Reiterinnen von den Rennen ausgeschlossen und zurück in den Stall zum Misten geschickt werden müssten, denn da gehörten sie schließlich hin. Und er hatte uns nicht nur um den Sieg gebracht, sondern ich hatte seinetwegen auch zum ersten Mal im Leben auf der Rennbahn wirklich Angst gehabt. An diesem Sprung hätte alles passieren können. Ich hatte verdammtes Glück, dass ich noch am Leben und auf den Beinen war.

Murphy lief mit Riesenschritten die Bahn entlang und zog Scooby hinter sich her. Plötzlich ertönte lauter Jubel von der Haupttribüne, als der berühmte Fuchs in Sichtweite kam. Die Masse tobte vor Erleichterung, dass er unverletzt war.

In den vergangenen sechs Monaten war Murphy eine Berühmtheit geworden. Ich übrigens auch. Mit nur sechzehn Jahren als Reiterin für das *Grand National* gemeldet, schlugen sich alle Radio- und Fernsehsender um mich, Nachrichten, Talk-Shows, Familienmagazine. Meine Busenfreundin Mandy hatte sogar einen Murphy's-Law-Fanklub gegründet und verkaufte Federmäppchen, T-Shirts und Schultaschen mit Murphys stolzem Konterfei darauf.

»Ich glaub es einfach nicht«, brummte der Chef.

Auf einmal befanden sich mehr Kameras und Reporter auf der Bahn, als um den Siegring Platz gehabt hätten. Murphys große Ohren zuckten, als er all die Aufmerksamkeit in sich aufsaugte.

»Was sagen Sie dazu, dass die Rennleitung den Fall untersucht?« Eine energische Dame mit rauer Stimme hielt mir ein Mikro unter die Nase und rannte rückwärts um mit uns Schritt zu halten.

»Damit darf er nicht ungestraft durchkommen.«

»Wie bitte? Sie wissen aber, dass Dougie Barnes sich wegen Ihnen bei der Rennleitung beschwert hat? Er sagt, Sie seien vor Ihrem Sturz an der Hecke vorsätzlich in ihn hineingeritten.«

»Was?!« Vor lauter Verblüffung blieb ich stocksteif stehen.

»Dougie Barnes!« Sie zog die Brauen hoch, als sie mein verdutztes Gesicht sah. »Er sagt, dieser Sturz sei einzig und allein Ihr Fehler gewesen. Die Rennleitung berät darüber, Sie zu suspendieren …«

2

»Nur ruhig, Justina.« Ben Le Sueur, der die diesjährige Meisterschaft um den Titel des National-Champion-Jockey gewonnen hatte, fasste mich am Arm, als ich in die *Waage* stürmte. Er war mit Mandy zusammen und ich sah, dass er hin- und hergerissen war zwischen dem Drang, zu helfen, und dem Gebot, sich aus der Sache rauszuhalten. Er hielt ein Handy ans Ohr gedrückt und redete mit jemandem.

In der Waage ziehen sich die Jockeys um und bereiten sich innerlich auf die vor ihnen liegenden Rennen vor. Sie gleicht einem sicheren Hafen, wo man vor fremden Leuten und der Presse geschützt ist; und normalerweise ist sie ein Ort voller Freundlichkeit und guter Laune. Jetzt gerade kam sie mir allerdings wie ein Leichenschauhaus vor.

»Wo steckt er?« Ich checkte die Wandhaken nach seinen Rennfarben ab. »Behauptet bloß nicht, er sei unter der Dusche!«

Die meisten anderen Reiter waren draußen im Ring und warteten auf ihr nächstes Rennen. Davide, ein italienischer Jockey, kam den Gang entlang, unbekleidet bis auf ein Paar Seidenstrumpfhosen. Jockeys tragen sie oft unter den Reithosen gegen die Kälte. Nach einem Jahr gemeinsamen Umkleidens in der Waage konnte mich nichts mehr überraschen.

»Wo ist Barnes, Davide? Ich weiß, dass er nicht im nächsten Rennen reitet.«

»Die Anschuldigung ist fallen gelassen worden«, unterbrach mich Ben sichtlich erleichtert und schaltete das Handy aus. »Sie wurde zurückgezogen, weil zufällig genau die Kamera am Waldsprung vom Wind heruntergerissen worden ist. Oder so. Das sagt jedenfalls die Rennleitung.«

»Klingt mir eher, als ob Barnes sie vor dem Rennen sabotiert hat«, murrte ich.

»Das weißt du nicht.« Bens Stimme klang gepresst.

»Sagen wir mal, es ist ziemlich offensichtlich.« Ein anderer Gedanke durchzuckte mich plötzlich wie ein Blitz. Warum war ich darauf nicht früher gekommen? Klar hatte es während des Rennens geregnet, aber die Sicht war gut und die anderen Jockeys nicht übermäßig weit hinter uns gewesen. Die Rennleitung brauchte gar keine Bilder als Beweis, wenn ausreichend viele Jockeys bezeugten, dass sie gesehen hätten, was Barnes getan hatte.

Bens Blick wich mir aus, als ich ihn deswegen ansprach. »Man hat doch gar nicht richtig sehen können. Der Regen hat uns genau ins Gesicht gepeitscht und meine Schutzbrille war total beschlagen. Die anderen Jungs werden dir das Gleiche sagen.«

Ich schluckte schwer an dem Schock und die Muskeln in meinem Nacken verkrampften sich. Ich ließ mich ganz behutsam auf die Bank sinken und stützte den Kopf in die Hände. »Ihr habt alle Schiss vor ihm, stimmt's etwa nicht? Ihr riskiert in diesem knochenbrecherischen Spiel täglich euer Leben, ohne auch nur einen Gedanken daran zu verschwenden, aber kaum taucht dieser abgetakelte Jockey aus Kildare auf, habt ihr Schiss, den Mund aufzumachen.«

»Du weißt doch gar nichts.«

»Ich weiß, dass ich ein sechzehnjähriges Mädchen bin und dass er gerade versucht hat mich umzubringen. Und dass ich mehr Schneid habe als euer ganzer Haufen zusammen.«

»Das reicht.« Ben packte mich am Handgelenk. »Wir haben immerhin so viel Grips, uns nicht selbst in die Scheiße zu reiten. Das ist der Unterschied.« Er drückte mir die Adern ab. Ich schaute auf seine Hand und er ließ hastig los. Auf der Haut sah man den Abdruck. Die Atmosphäre war zum Zerreißen gespannt. »Ich gebe dir einen guten Rat. Leg dich nicht mit Barnes an. Lass es einfach sein. Tu sogar so, als ob du ihn respektierst, falls du das schaffst.« Er sah mein saures Gesicht. »Ich meine es ernst, Justina. Spiel nicht mit dem Feuer. Barnes ist unmenschlich. Er ist rücksichtslos, besessen und würde seine eigene Großmutter über den Haufen reiten, um sein Ziel zu erreichen. Bleib ganz weit weg von ihm.«

Davide war fort. Sogar die Helfer, die die Sättel putzten und die Rennfarben bereithielten, waren wie vom Erdboden verschluckt.

Ein trüber Regenbogen wölbte sich über der Bahn, als ich die Stufen zum Führring hinunterging. Der seltene Anblick von Sonnenschein konnte meine Laune jedoch auch nicht heben. Kein Jockey im ganzen Land würde meinen Kampf gegen Dougie Barnes unterstützen. Das wurde mir schmerzhaft klar. Es gab allerdings eine Ausnahme und schon der Gedanke an ihn brachte mein Herz zum Flattern: Rory Calligan, meinen Freund, der mir das Rennreiten beigebracht hatte und in den ich seit Jahren bis über beide Ohren verliebt war. Aber ihm durfte ich auf keinen Fall erzählen, was passiert war.

Im Gegenteil, ich musste dafür sorgen, dass er auch von niemand anderem davon erfuhr. Ich konnte auf eigenen Beinen stehen und musste nicht beim ersten Anzeichen von Ärger nach dem männlichen Beistand meines Freundes schreien.

Das nächste Rennen war vorbei. Dampfende, verschwitzte Pferde mit Atemwolken um die Nüstern trabten in den Siegring. Triumphgefühl hing in der Luft, als eine stahlgraue Stute auf dem ersten Platz stehen blieb und ihr Reiter ihr im besten *Frankie-Dettori*-Stil vom Rücken sprang. Aber mir lag nichts am Anblick der fröhlichen Menschenmenge. Ich schlich hinter den Büros und den Sattelplätzen vorbei, duckte mich unter einigen Absperrungen durch und ging in Richtung Stallungen. Ich wollte bei Murphy sein. Scooby wusch ihm sicherlich schon den Schlamm aus den Hufen und rieb mit einem Schwamm den fest gebackenen Sattelschweiß aus dem Fell. Danach würde er ihm die leuchtend bunte wollene Pferdedecke über den Rücken legen und ihn zum Grasen auf die Koppel bringen. In einer Nachbarbox stand Gertie, Murphys Reisebegleiterin. Gertie war eine kleine schwarzweiße Ziege, die ihren Pferdefreund anbetete, es aber hasste, wenn Menschen ihr Vorschriften machen wollten. Ihr Lieblingstrick, den sie bevorzugt gegen *Stewards* anwandte, waren Hörnerstöße in die Kniekehlen.

Es dauerte nicht lange, bis ich erkannt wurde. Es war unvermeidlich, vor allem da ich neongrün gefärbte Haarspitzen hatte und immer noch die Rennfarben trug. Leute drehten sich nach mir um und flüsterten einander kopfnickend zu. Ich hatte mich immer noch nicht daran gewöhnt, dass ständig Leute mit den Fingern auf mich zeigten. Es war mir peinlich und ließ mich dunkelrot anlaufen.

»Hier, Schätzchen!« Eine Frau mit breitem Liverpooler Dialekt drückte mir eine Münze in die Hand. »Das bringt euch Glück für die großen Sprünge. Für uns ist Murphy der tollste Vierbeiner seit Pegasus.«

Wie viele Menschen extra kamen um uns rennen zu sehen, machte mich ganz ehrfürchtig. Der große Fuchs hatte viele Herzen berührt.

»Racing Post!«, drängelte ein Mann sich durch. »Wollen Sie immer noch das National mitreiten? Ist es wahr, dass Sie absichtlich in Barnes hineingeritten sind?«

»Hm, tut mir Leid, ich hab's eilig. Können wir später darüber sprechen?« Panisch stürzte ich auf den Parkplatz zu, wo die Transporter standen. Ich musste endlich lernen mit Reportern umzugehen, ich konnte nicht ewig wegrennen.

»Bist du Justina Brooks?« Ein Stallhelfer mit einem Halfter und einer Pferdedecke über dem Arm hielt mich auf.

»Wer will das wissen?«

»Soll nur was ausrichten.« Er zuckte mit den Achseln. »So 'n Typ sagt, du sollst ihn am Transporter treffen. Sagt, er heißt Scooby.«

Der Transporter von Dolphin Barn stand ganz

hinten in der Reihe, blitzblank, burgunderrot mit schwarzen Streifen – genau wie meine Rennfarben. Ich warf einen Blick hinauf zu den sechs kleinen quadratischen Fenstern, auch wenn ich wusste, dass die Pferde noch alle in den Gästeställen standen. Scooby musste im Aufenthaltsraum sein. Er hatte dort wahrscheinlich irgendetwas vergessen. Ansonsten war der Parkplatz völlig menschenleer. Ich stakste durch das lange, klatschnasse Gras um den Transporter herum. »Hallo? Scooby?«

Keine Antwort. Ich machte noch einen Schritt. Da packte jemand meinen linken Arm und riss so heftig daran, dass ich herumschleuderte und gegen die Transporterwand krachte. Mir kam es vor, als sei mir die Schläfe aufgeplatzt, und ich brauchte einige Sekunden, bevor ich klar sah, wer vor mir stand. Aber dann hätte ich am liebsten gekotzt. Dougie Barnes glotzte mich an wie der typische Rowdy vom Pausenhof, völlig davon überzeugt, dass er straflos davonkommen würde.

»Na, reicht's dir jetzt?« Ein hartes Lachen.

»Herrgott noch mal!« Ich löste mich von der Transporterwand und gab mir Mühe, mir die Panik nicht anmerken zu lassen, die mir wie Säure in den Magen sickerte.

Er warf mir den verdreckten schwarzroten Helmüberzug, der sich beim Sturz gelöst hatte, an die Brust. »Da, ich hab mir erlaubt, das für dich aufzuheben«, grinste er.

Ich wusste, dass ich den Überzug beim Sturz auf

der Bahn verloren hatte, und hatte ihn nachher suchen wollen.

Dougie Barnes beugte sich dicht über mich, eine Hand über meiner Schulter an den Transporter gestützt. Ich sah die Pickel auf seiner Nase und eine winzige Narbe unter dem linken Auge. Auf Hals und Gesicht spürte ich seinen stinkenden Atem.

»Bilde dir keine Sekunde lang ein, dass du dich mit vor der Melling-Road-Kreuzung aufreihen wirst«, drohte er. Er sprach vom Start des Grand National und der berühmten Aschenbahn, die die Pferde dabei überqueren müssen. »Das wird nämlich nicht geschehen.« Unsere Nasen berührten sich jetzt fast und seine Augen waren eiskalt.

»Dazu musst du mich erst umbringen«, stieß ich heiser hervor, obwohl meine Schultern vor Furcht bebten und der Angstschweiß auf den Handflächen prickelte. Ich warf trotzig den Kopf zurück. »Du wirst mich nie dazu bringen, mit dem Reiten aufzuhören.«

»Justina, bist du das?« Mandys Stimme drang von der anderen Seite des Transporters zu uns. Vor Erleichterung ging ich beinahe in die Knie.

Barnes zischte erbost und marschierte in Richtung Stallungen davon.

»Was wollte der von dir?« Mandy starrte ihm mit offenem Mund nach, als sie meinen Gesichtsausdruck und den am Boden liegenden seidenen Überzug bemerkte.

»Nichts.«

»Erzähl mir nicht, er wollte dich zum Kaffeekränzchen bei seiner Mutter einladen …« Als sie mir ins Gesicht sah und bemerkte, wie flach ich atmete, brach sie ab.

»Nur ein Asthmaanfall. Du weißt schon, Pollenallergie, ist gleich vorbei.«

»Justina, du hast kein Asthma und um diese Jahreszeit fliegen keine Pollen. Es ist noch Winter!«

»Mir geht's gut, mach bloß keinen Aufstand. Was hast du da?« Ich deutete schroff mit dem Kinn auf eine rote Plastiktüte in ihrer Hand.

Mandy verzog das Gesicht. Sie war sich völlig im Klaren, dass ich absichtlich das Thema wechselte, konnte aber nicht widerstehen mir von ihrem neuesten Plan zu berichten. »Da ist ein Murphy-Sweatshirt für Billy Piper drin.«

»Billy Piper will ein Murphy-Sweatshirt?«

»Na ja, nicht direkt. Aber ich habe sie, glaube ich, im Sanitätszelt gesehen. Man muss schließlich ein bisschen Werbung machen, damit der Umsatz klappt. An die Königin hab ich auch eins geschickt.«

Irgendwie gelang es mir nicht, mir vorzustellen, wie die Königin ihre Geburtstagsparade mit Murphys Konterfei auf der Brust machte.

Ein Teil der Gewinne des Fanklubs ging an den Hilfsfonds für verletzte Jockeys und an die Rehabilitationsklinik für Rennpferde. Mir wurde eiskalt, als mir einfiel, dass ich bald leicht selbst zu den Hilfeempfängern gehören könnte. Wollte Dougie Barnes mich nur einschüchtern oder wollte er mir ernsthaft etwas antun?

3

Eine dunstige Spätwintersonne war noch längst nicht bereit aufzugehen, als eine Woche später Murphy auf den Hof hinausklapperte, um auf der Übungsbahn eine Runde intensiv zu arbeiten. Es war eisig und nur einige wenige Streifen Grau durchbrachen die tintige Schwärze. Ein paar der anderen Pferde streckten die Köpfe über die Boxentüren und wieherten verwundert. Wir waren extra früh dran, um neugierigen Journalisten zu entgehen, die für ihre Leser geheimen Details über die *Form* des Fuchses nachjagten. Ich bezweifelte, dass dieses Manöver sie aufhalten würde. Unser Stallmeister Badger hatte schon zwei erwischt, wie sie mit dem Auto am Ende der Auffahrt auf der Lauer gelegen und mit dem Teleskop Murphys Box beobachtet hatten. Die gesamte Rennsportwelt war daran interessiert, zu erfahren, ob Murphy und seine sechzehnjährige Reiterin fähig waren das Grand National zu gewinnen.

Augenblicke später zerriss das erste Pferd den Horizont mit einem flüssig dahinströmenden, unerbittlichen Galopp. Der Chef hob das Fernglas an die

Augen und verfolgte jeden einzelnen Galoppsprung. Mich durchlief ein Beben und ein breites Grinsen breitete sich auf meinem Gesicht aus. Das Geräusch galoppierender Hufe erregte mich immer unweigerlich, aber an diesem Morgen war der tief über den Widerrist geduckte Reiter auch noch mein Freund Rory Calligan. Ich bekam nie genug von seinem Anblick – die strubbeligen dunklen Haare und das gut geschnittene Gesicht wirkten wie eine Oase auf mich. Ich hatte ihn wochenlang nicht gesehen.

Der Chef wollte zügig zu der vor uns liegenden Aufgabe schreiten. Auf der Übungsbahn war er immer nervös wie ein Rudel Rehe. Besorgt um seine wertvollen Schützlinge fuhr er mit der Hand an ihren schlanken, hochgezüchteten Beinen entlang und untersuchte sie auf Hitze oder Schwellungen. Neben ihm stand für gewöhnlich der Drahthaarterrier Chelsea und bewachte ihn grimmiger als jeder Rottweiler.

Wir sollten zwanzig Minuten nebeneinander Arbeitsgalopp reiten, dann sollte ich die Führung übernehmen und Murphy erst die Gerade und dann die Steigung hinaufgaloppieren lassen. »Lass ihn ordentlich ins Schnaufen kommen, aber übertreib nicht. Ich will, dass er keucht, aber er soll nicht total erschöpft sein.«

Spannung lag in der Luft. Fast das ganze Stallpersonal war herausgekommen und stand längs der Bahn, um den Star des Stalls in Aktion zu sehen. Das war der Augenblick der Wahrheit – jetzt würde es sich zeigen, ob der Sturz beim Rennen seinen Bewegungsapparat oder sein Selbstvertrauen beeinträchtigt hatte. Ich nahm die Zügel auf und ritt ohne ein Wort neben Rorys Braunen, atemlos in der frostigen Luft.

»Hallo, schöne Frau! Sind Sie öfters hier?« Rory zwinkerte mir zu und fiel in einen langsamen Arbeitsgalopp. Murphy stieg leicht, quietschte, bockte und schoss in Führung.

Ich zwang ihn zurück neben Rory, aber nur fast. Wir jagten in viel zu hohem Tempo an einem der Distanzanzeiger vorbei. Murphy platzte beinahe vor Energie. Er fieberte förmlich danach, Boden zu machen, zu rennen, seinen Stallgenossen als kleines Staubwölkchen weit abgeschlagen hinter sich zu lassen, und ich brauchte jedes Quäntchen meiner Konzentration um ihn zurückzuhalten. Ich dachte an die vergangenen Sieger des Grand National: *Red Rum,* wie er *Crisp* schlug, Red Rum bei seinem dritten Sieg. *Aldaniti* und sein Jockey *Bob Champion. Corbière,* ein Fuchs wie Murphy. Und mit atemberaubender instinktiver Sicherheit wusste ich tief in mir, dass wir es schaffen konnten. Ich könnte das jüngste Mädchen sein, das je das größte Rennen aller Zeiten gewann. Murphy würde die Geschichte neu schreiben.

Viel zu schnell bremsten wir ab, fielen aus einem heißen Galopp zurück in ein gemächlicheres Tempo. Rorys Pferd schwitzte und war am Ende, während Murphy sich immer noch übermütig umsah und selbstgefällig mit dem Kopf schlug. Murphys Kraft konnte jedem anderen Rennpferd, das gegen ihn antrat, das Selbstvertrauen nehmen. Ich klopfte ihm anerkennend den eisenharten Hals und grinste Rory an: »Hat sich nie besser gefühlt. Ich glaube, so gut hat er noch nie gearbeitet.«

Der Chef dachte offenbar dasselbe, denn seine ewig skeptischen Augen strahlten vor Zuversicht.

Sein Geheimnis beim Trainieren von Rennpferden bestand darin, das Pferd genau am Tag des großen Rennens seine Spitzenleistung erreichen zu lassen. Niemand konnte den richtigen Moment so genau erfühlen wie der Chef. Für jeden in Dolphin Barn war an diesem Morgen klar, dass Murphy, solange ihm kein reiterloses Pferd oder eine Massenkarambolage dazwischen kamen, die Liverpoolkurve mit der dahinter in Sicht kommenden Zielgeraden des Grand National vor allem anderen, was vier Beine hatte, erreichen würde.

Rory nickte mir anerkennend zu. Wir hatten lange gebraucht, bis wir uns gegenseitig als Jockeys respektierten und nicht mehr um Rennen stritten. Jetzt wusste ich ohne den Schatten eines Zweifels, dass Rory mich aus tiefstem Herzen anfeuern würde. Murphy war mein Schicksal, meine Chance, aber Rory würde noch zehnmal seine Chance kriegen. Er war begabt und ein vollendeter Reiter.

Der Duft von Frühstücksspeck und gebratenen Eiern wehte aus der Stallküche zu uns herüber, als wir über den Hof klapperten. Murphy bestand immer darauf, draußen abgesattelt zu werden und allein in die Box zu gehen, und zwar normalerweise erst, nachdem er allen anderen Pferden einen Besuch abgestattet und aus Badgers Futterwagen einige Karotten gemopst hatte.

»Ich hab dich vermisst.« Rory schlang einen Arm um meine Schultern.

Ich vergrub das Gesicht in seinem Schaffellmantel und verfluchte die Rennreiterei und die Distanz, die sie zwischen uns brachte. Unter dem dicken Mantel war er nur Haut und Knochen, wegen der ständigen Diäten. Niemand arbeitete so hart wie Rory. Er wollte ein neuer *Richard Dunwoody* werden und das verlangte vollständige Hingabe an den Job.

»He, Leute, trennt euch mal lieber rasch und kommt rein – sie besprechen die Pferde für *Aintree!*«, schrie Larry, einer der Stalljungen, aus der Kantine, wo der Fernseher auf voller Lautstärke lief. Scooby schob Speckstullen über den Tresen, aber keiner achtete darauf, weil sich alle vor dem Schwarzweißbildschirm drängelten.

»Ich glaub's einfach nicht. Dieser russische Gaul hat 'ne *Wettquote* von zehn zu eins!« Larry hatte sich auf Jakes Knie gesetzt um besser sehen zu können. Alle verstummten, als *John Francomes* Einschätzung des speziell aus Russland angereisten, großen schwarzen Pferdes übertragen wurde.

»Im Vergleich zu ihm sieht Desert Orchid *wie ein Maultier aus. So ein robustes und gleichzeitig drahtiges Rennpferd habe ich noch nie gesehen. Er ist*

der James Bond der Pferdewelt. Der steckt Murphy's Law locker in die Tasche.«

Mit einem Aufheulen flog eine Scheibe Frühstücksspeck von hinten durch den Raum und klatschte gegen den Bildschirm: Scoobys Art zu protestieren. Die rebellische Stimmung entlud sich in unmutigem Geknurre, während der Bericht zu einem Stall in Newmarket schnitt. Niemand, nicht einmal John Francome, durfte es wagen, etwas gegen Murphy zu sagen.

Doch als das schwarze, russische Vollblut wie eine Pistolenkugel über ein frisch gemähtes Stück Bahn schoss, war kein Ton mehr zu hören. All unser überschäumendes Selbstvertrauen und die Euphorie, die noch Momente vorher geherrscht hatte, verschwanden. Wir saßen wie in Trance da und beobachteten den schwarzen Eindringling, wie er einen Hang hinaufjagte und ein paar Trainingssprünge hinter sich ließ, als seien es Cavaletti, Anfängersprünge.

»In den ganzen dreißig Jahren, die ich Rennpferde trainiere, habe ich kein solches Pferd gesehen«, ereiferte sich Nicky Henderson.

Niemand konnte den lächerlich langen, russischen Namen aussprechen, deshalb nannten ihn alle nur den »Rappen«.

»Die Geheimwaffe gegen Murphy's Law«, blubberte John Oaksey völlig hingerissen. Geheim ja wohl kaum, brütete ich düster vor mich hin.

Was der Chef wohl darüber dachte? Ob er in seinem Büro die Sendung auch gerade sah? Das war das Besondere am Grand National – hier wurden Märchen wahr: Bob Champion, der mit seiner Krankheit rang, Jenny Pitman, die erste weibliche Trainerin – Justina Brooks, die jüngste weibliche Reiterin aller Zeiten?

Als mir flüchtig der Gedanke ans Verlieren durch den Kopf schoss, wurde mir fast schlecht. Das Grand National zu gewinnen war alles, wofür ich lebte, seit ich mit dreizehn einen Teilzeitjob als Friseuse geschmissen hatte und in einen Zug nach Aintree gestiegen war. Den Erdklumpen, den ich damals am *Becher's Brook* aufgehoben hatte, besaß ich immer noch. Und sogar jetzt konnte ich das Donnern der Hufe noch hören, die Aufregung riechen. Und nun ging ich wieder dorthin – aber diesmal als Jockey und um zu gewinnen.

Ein Schreck durchfuhr mich, als ein bekanntes Gesicht auf dem Bildschirm auftauchte: Dougie Barnes. Ich bekam einen trockenen Mund. Er stand direkt neben dem Rappen und sprach mit dem Fernsehreporter, aber der Ton fehlte und er sah aus wie ein Fisch, als sich sein Mund geräuschlos öffnete und schloss. Der Reporter nickte und stellte eine ebenso tonlose Frage. Larry hackte wie rasend auf der Fernbedienung herum, um den Ton wieder herzukriegen.

Unvermittelt plärrte es los, in voller Lautstärke: *»Sie haben dreimal das Irish National gewonnen. Soll es dieses Jahr also das Grand National werden?«*

»Ich reite das beste der siebenunddreißig Pferde. Warum also nicht? Anstelle der anderen Reiter würde ich mir ernsthafte Sorgen machen.«

Es war, als spräche er direkt zu mir. Ein Chor von Buhrufen ertönte von den Jungs. Dougie Barnes war etwa so beliebt wie eine Klapperschlange in der Badewanne. Aber dennoch musste ich gegen ihn antreten und ihn schlagen. Wie ein Hase auf der Flucht rannte ich aus der Kantine und verbarg mich in dem Cottage, das ich mit Mandy teilte. Aus dem Spiegel über dem Kühlschrank sah mich ein Gesicht an, aus dem alle Farbe verschwunden war. Ich schwitzte und atmete hastig. Das Entsetzen meiner Begegnung mit Dougie Barnes auf der Rennbahn stieg immer wieder neu in mir hoch, jedes Mal klarer und jedes Mal Furcht einflößender. Ich erinnerte mich an jeden Sekundenbruchteil meiner Panik. Mein Hals war wieder in Ordnung, aber wenn ich daran dachte, wie leicht ich ihn mir hätte brechen können.

»Justina Brooks, reiß dich zusammen!« Ich schlug mir sogar ins Gesicht und kippte dann ein Glas kaltes Wasser hinunter. Ich musste diese Angst besiegen.

Der Anrufbeantworter blinkte und ich ging die Nachricht abhören.

»Justina, hier spricht deine Mutter. Ich lasse mich nicht länger vertrösten. Ich will Rory endlich persönlich kennen lernen und das Cottage sehen. Schlimmer als das letzte Mal wird es kaum sein. Ich komme nächsten Donnerstag mit deinen Brüdern. Und denk daran, dass es ihr Geburtstag ist!«

»Das hat mir gerade noch gefehlt«, stöhnte ich, »meine Mutter!« Das nicht auch noch! Ich vermisste meine Brüder, die Zwillinge, entsetzlich, ich stellte ihr liebend gerne Rory vor, aber das Cottage? Es sah aus, als wäre es zweimal hintereinander ausgeraubt und anschließend von Landstreichern besetzt worden. Das einzige Reinigungsmittel, das ich hier je gesehen hatte, war eine Flasche Pferdeshampoo, mit dessen Hilfe wir unsere Katze Smokey von Teerflecken befreit hatten. Mandy hatte den Rest davon wahrscheinlich als Geschirrspülmittel verwendet.

Es war wirklich grauenhaft. Eine Industriereinigungsfirma bräuchte einen Monat, um auch nur die Möbel freizulegen. Es war völlig ausgeschlossen, bis Donnerstag den hohen Sauberkeitsstandard meiner Mutter zu erreichen. Sie würde einen hysterischen Anfall kriegen!

Ich polierte hektisch mit dem Ärmel über den Kaminsims und richtete einen Stoß alter Zeitungen aus, die nie gelesen worden waren, aber einen sehr brauchbaren Kaffeetisch abgaben. In die Spüle schaute ich lieber erst gar nicht, dort stapelten sich angemoderte Teller und Tassen.

Die Küchentür knallte hinter Rory zu und seine große schwarzweiße Dogge Poppy sprang mit einem Satz auf den Stoß Zeitungen, sodass sie durchs ganze Zimmer flogen.

»Was um Himmels willen ist denn in dich gefahren?« Rory starrte mich alarmiert an, während ich Kissen vom Sofa riss. Darunter kamen drei stinkende Socken und ein Gummiknochen zum Vorschein. Poppy war begeistert.

»Meine Mutter will dich kennen lernen.« Ich klaubte zwei Haarspangen, einen Gürtel und einen Führstrick hinter dem Sofa hervor.

»Was hat das mit dem Sofa zu tun?«

»Viel!«, kreischte ich auf und wusste doch tief in mir, dass ich vor dem wahren Problem davonlief. Es war leichter, über die Reinigung des Cottage nachzudenken als über Dougie Barnes und das Grand National.

Rory fuhr sich durchs Haar und guckte mich verwirrt an. Er hatte die Sorte glühend schwarzer Augen, bei denen einem das Herz schmilzt. Ihn jetzt anzulügen war das Schwierigste, was ich je getan hatte.

»Justina, was ist los? Die Jungs haben mir gerade erzählt, dass Dougie Barnes dich gestern absichtlich von der Bahn gedrängt hat. Ist das wahr?«

»Nein! Definitiv nicht. Nichts dergleichen. Ich war selbst schuld, hab die Richtung verfehlt, bin geritten wie ein Trottel und hab Murphy überfordert. Ich hab's echt versiebt.« Ich verdrehte zur Bekräftigung die Augen.

»Und warum schaust du dann nicht hundertmal hintereinander das Video an und machst dich dafür fertig, so wie sonst? Normalerweise benimmst du dich wie ein Bär mit Migräne, wenn du schlecht geritten bist.«

Ich öffnete den Mund, zögerte und griff dann

nach einem Strohhalm: »Reife!« Ich verschränkte die Arme. »Hilft ja doch nichts sich aufzuregen. Man kann's ja sowieso nicht mehr ändern.« Schweigen hing zwischen uns. Ich zwirbelte eine Haarsträhne.

»Na, da sei dem Himmel Dank dafür«, sagte Rory nach einer Minute. Er schien mir die Story abzukaufen. Er trat auf mich zu, schloss mich in die Arme und berührte mit den Lippen mein Haar. »Die älteren Jockeys reden nicht darüber, aber Dougie Barnes bedeutet nichts Gutes. Ich denke mir das nicht aus, Justina, er ist ein echter Schlägertyp. Sogar ich hab Schiss vor ihm.«

Ein Eimer voll Eiswürfel ergoss sich in meinen Magen. »Hast du schon gehört, dass er den Favoriten reitet, das russische Pferd, das alle den ›Rappen‹ nennen?« Meine Stimme überschlug sich fast.

»Während des Rennens kann er sich nichts zu Schulden kommen lassen, nicht wenn die halbe Welt zuschaut und die Kameras so dicht an euch ranzoomen, dass sie die Härchen in euren Nasen zählen können. Da bist du absolut sicher, das garantiere ich dir.«

Ich vergrub das Gesicht an Rorys Schulter und klammerte mich an ihn, als wollten wir an EINEM Bungeeseil in den Abgrund springen. Dennoch, in der Zeit bis zum Rennen konnte er mich auch nicht beschützen. Viele Stunden ständig steigender Spannung. Wie sollte ich ihm nach dem gerade Gesagten gestehen, dass ich Angst um mein Leben hatte?

4

»Das kostet dann ...« Die Verkäuferin deutete auf die Anzeige der Kasse. Ich hatte sie extra gebeten, die Summe nicht laut zu sagen. Ich strich mein Scheckbuch glatt und schrieb einen Scheck aus, der bedeutete, dass ich mir im kommenden Jahr keine neuen *Jodhpurs* oder auch nur Lippenstifte leisten konnte.

»Sind Sie sicher, dass Fünfjährige so etwas wirklich mögen?« Ich blickte zweifelnd auf einen Modellflugzeug-Bausatz in einer großen bunten Schachtel und einen Eimer voll Luftballons, Puppen, Masken und Partyknaller. Konnten Geburtstagsgeschenke für Kinder wirklich so viel kosten?

Ich nahm den Bus zurück nach Dolphin Barn und malte mir die Gesichter meiner Brüder aus. Bestimmt wollten sie gerne Murphy sehen.

Mum und Dad hatten sich gegen jeden einzelnen Schritt auf meinem Weg zum Berufsjockey gestellt. Sie waren beide Rechtsanwälte und hatten erwartet, dass ich studiere. Als die »Rennpferdemanie«, wie sie es nannten, nicht nachließ, waren sie entsetzt gewesen. Für sie war das wie eine unverständliche fremde Sprache. Und wenn sie gesehen hätten, wo ich lebte und welche Arbeit ich für das wenige Geld zu tun hatte ... Aber inzwischen waren sie stolz auf das, was ich erreicht hatte, und wir schienen uns wieder näher zu kommen, so wie es früher einmal gewesen war.

Sobald ich in die Einfahrt einbog, spürte ich, dass etwas anders war: Die Stimmung war angespannt. Dann sah ich die Fahrzeuge von BBC und begriff. Am Mittwochabend vor dem Grand National sollte eine Vorschau gezeigt werden, für die sie alle Bewerber filmten. Jetzt war Murphy dran. Sie wollten sehen, wie er galoppierte, und mich auch, aufgeregt und mit frisch gerötetem Gesicht. Adrenalin durchströmte mich – davon hatte ich seit meinem ersten Ritt auf einem Pferd geträumt.

Der Chef marschierte im Hof auf und ab und die Haare standen ihm wie elektrisierte Stahlwolle vom Kopf. Chelsea bellte hinter einer Boxentür hervor, wohin sie offensichtlich verbannt worden war. Eine blonde Fernsehfee stand ganz dicht neben Rory und flirtete so unverfroren, dass es ein Wunder war, dass er nicht ohnmächtig wurde.

»Da ist sie ja!« Stallmeister Badger erblickte mich als Erster und verschwand dann aus der Schusslinie. Der Chef brachte etwas einem Lächeln entfernt Ähnliches hervor und sagte kein Wort über die Einkaufstüten in meinen Händen.

»Sie haben den Zeitplan geändert«, sagte er ohne die lächelnden Lippen zu bewegen. »Und jetzt gib Gas, bevor sie auch noch ihre Drehpläne ändern.«

Zum ersten Mal in zweieinhalb Monaten hatte ich mir einige Stunden freigenommen. Es war einfach nicht zu glauben, dass sie ausgerechnet da auftauchten. Ich stürzte in die Sattelkammer, hechtete in Jodhpurs und *Chaps* und stopfte die neongrün gefärbten Haare unter einen Rennhelm, dem Äquivalent für eine Reitkappe. Ich musste professionell aussehen. Tausende von Zuschauern sahen sich die Sendung an und entschieden danach, auf welches Pferd sie setzten. Ich musste besser aussehen als Dougie Barnes und der Rappe.

»Was werden Sie tun, falls Sie am ersten Hindernis stürzen?« Sie interviewten uns, noch bevor sie uns auf der Bahn gefilmt hatten.

»Es im nächsten Jahr wieder versuchen?«

»Was lässt Sie glauben, Sie könnten Gee Armitage und jede andere weibliche Reiterin übertreffen?«

»Ich habe ein besonderes Pferd.«

»Jagen Ihnen Becher's Brook und Valentine's Fence keine Angst ein?«

»Eher schon der Chair. Das ist schließlich der höchste und weiteste Sprung auf der Bahn.«

»Fühlen Sie sich den fast fünf Meilen des Rennens gewachsen?«

»Ich schwimme hundertfünfzig Bahnen und mache vor dem Frühstück dreihundert Sit-ups.«

»Und sind Sie auch gut genug für Dougie Barnes und den Rappen?«

Die Worte vertrockneten mir in der Kehle. Ich glotzte einige unerquickliche Augenblicke lang in die Kamera, bevor mich zum Glück Murphy in den Rücken stupste und die Spannung brach. »Ich glaube, damit will er sagen: ›Ja, das sind wir!‹«, lachte ich und kraulte ihn unter dem Schaffellnasenriemen.

»Es heißt, Red Rum sei schon seit Kindertagen Ihr

Lieblingspferd. Versuchen Sie aus Murphy einen zweiten Red Rum zu machen, indem Sie ihn mit einem Schaffell über dem Nasenriemen reiten?«

»Nein, eigentlich nicht. Es hat einen bestimmten Zweck, es hilft ihm, den Kopf zu senken und die Hindernisse anzuschauen. Andernfalls springt er zu verwegen.«

»Auf wen setzen Sie in dem Rennen?«

»Das verrate ich nicht.« Ich zwinkerte in die Kamera, jemand schrie »Cut!«, und dann war alles vorbei. Murphy kehrte an sein Heunetz zurück, als wüsste er, dass er nicht länger im Rampenlicht stand. Ich war froh, dass wenigstens einer von uns beiden ruhig war, denn mir zitterten die Knie.

»Das war großartig! Ich hoffe, du gewinnst.« Andy, der drei Ohrringe in der Augenbraue trug und gerade gefilmt hatte, schüttelte mir die Hand. Ich hoffte nur, dass er nicht bemerkte, wie nass geschwitzt sie war.

»Was für ein Sicherheitssystem habt ihr denn hier?« Mark, der Tonmann, blickte sich suchend um, wahrscheinlich nach Wachkameras.

»Hm, also, wir haben ein zentrales Alarmsystem und eine Flutlichtanlage und dann noch Gertie, an der kommt niemand so leicht vorbei.« Ich deutete auf die eigensinnige Ziege, die Larry an einem Strick um den Hof führte, um sie daran zu hindern, den Film zu sabotieren oder zumindest die Filmcrew zu boxen. »Sie würde eher sterben als zulassen, dass Murphy etwas geschieht.«

»Könnte ihr schon passieren, ich meine, falls jemand einbricht. Man hört so viele Geschichten, was mit berühmten Pferden alles passiert. Es erstaunt mich, dass ihr keine Überwachungskamera in der Box habt.«

Ich scharrte unbehaglich mit den Füßen. Darüber wollte ich lieber gar nicht nachdenken …

»Hast du den Rappen gesehen?«, platzte ich heraus, unfähig mich zurückzuhalten.

Marks Augen leuchteten auf. »Er ist absolut unglaublich.« In seiner Stimme lag ein Tonfall der Anbetung, der mir das Herz sinken ließ. »Aber sein Jockey ist ein ziemlicher Idiot. Quasselte in einem fort von seinem Sieg, komme was wolle.«

Ein kalter Schauder rieselte mir die Wirbelsäule entlang. »Das glaubt er wahrscheinlich wirklich«, murmelte ich und wandte mich ab, um Murphy das Halfter abzunehmen. Ich wünschte, ich hätte das Thema nicht angeschnitten.

»Aber du musst es ihm sagen!« Mandy hing mir auf der Pelle wie Poppy, wenn sie spielen wollte, nur schlimmer, weil man ihr keinen Stock werfen konnte um sie loszuwerden.

Nein, muss ich nicht!«, wiederholte ich zum fünfzehnten Mal.

»Du bist meine beste Freundin und du läufst völlig verängstigt durch die Gegend. Wie oft hast du heute Abend schon aus dem Fenster geschaut? Beim leisesten Geräusch springst du auf, um mal nicht davon zu reden, wenn jemand an die Tür klopft. Du bist das reinste Nervenbündel.« Zum Beweis kletterte Mandy auf die Toilette und öffnete das Fenster, wodurch sich ein winziges Stück Silberfolie löste, das ich dort befestigt hatte um zu merken, falls jemand ins Cottage einbrach.

»Okay, ich hab's schon kapiert, aber ich sag's ihm trotzdem nicht. Ich kann doch nicht jedes Mal, wenn das kleinste Problem auftaucht, zu meinem Freund rennen und um Hilfe betteln. In der Waage lachen sie sich ja tot. Keiner nimmt mich dann mehr ernst. Ich muss auf meinen eigenen zwei Beinen stehen.«

»So lange, bis dir einer, der doppelt so groß ist wie du, ans Schienbein tritt. Dann liegst du auf der Nase. Hast du eigentlich gar nichts gelernt beim letzten Mal, als Murphy bedroht wurde? Es hat erst aufgehört, als du jemandem gesagt hast, was vor sich ging.« Sie verschwand in ihrem Zimmer.

»Was meinst du mit: ›dass jemand mir gegen die Beine tritt‹?!«, rief ich aus meinem Zimmer.

»Nichts, nichts. Was sieht besser aus? Schwarz oder rot, ganz ehrlich?« Mandy erschien im Türrahmen. Sie hielt zwei Kleider in die Höhe. Heute war Bens Geburtstag und wir trafen uns im »Jockey's Rest«, der Dorfkneipe, zum Indisch-Essen. Noch etwa ein halbes Dutzend weitere Jockeys kam, um ihm alle möglichen blöden Streiche zu spielen oder ihm zumindest das milde Korma Curry gegen superscharfes Vindaloo auszutauschen. Die Bruderschaft der Rennbahn war süchtig nach Ulk und die Nacht würde nicht ohne ein paar richtig derbe Schandtaten vorübergehen.

»Das Rote«, antwortete ich. Ich zog mir irgendeine alte schwarze Hose an, damit ich Mandy nicht die Show stahl.

»Wenn du mir wirklich helfen willst«, zog ich eine Grimasse und kam aus dem Zimmer, »dann treibe jemanden auf, der hier sauber macht.« Ich wies auf das Durcheinander, das sich überall wie eine Flutwelle ausgebreitet hatte. »Wenn meine Mutter das sieht ...«

Wir waren wirklich nicht in der Stimmung, ein Putztuch anzufassen, da wir jeden Morgen um sechs Uhr zu arbeiten anfingen und trotz eisigen Wetters ohne Pause durchschufteten.

»Ach, das hab ich schon arrangiert«, wedelte Mandy meine Sorge davon. »Morgen Früh kommt unsere höchst persönliche Leib- und Magenputzfrau.« Sie griff nach dem grünen Nagellack und sah sehr zufrieden mit sich aus.

»Wer denn?«, verlangte ich zu wissen und malte mir eine gebeugte alte Lady aus dem Dorf aus, mit Haarnetz und falschem Gebiss. »Hauptsache, niemand schnüffelt in meinen Sachen rum.«

»Aber sicher!« Mandy verteilte grüne Spritzer auf meiner Bettdecke, ohne es zu merken. »Und Vorsicht, er ist ein findiger Junge. Versteck lieber fix alle Liebesbriefe und aufregenden Spitzenunterhosen, wenn du nicht willst, dass sie in der Waage herumgereicht werden.«

»Er? Wer??? Mandy!«

»Na, beruhig dich mal, sonst werden deine Haare am Ende noch grüner. Davide! Er war hier um unsere Waschmaschine zu benutzen und hat sich von selbst angeboten. Sagte, er wolle seit Wochen nichts sehnlicher, als sich kopfüber auf unsere Spüle zu stürzen, und wie wir überhaupt in diesem Dreck und Verfall leben könnten.«

»Davide? Spinnt der?«

»Auch nicht mehr als die anderen Jockeys, die ich kenne. Wie sehen meine Haare aus?«

»Du siehst Superklasse aus. – Wo ist mein Geldbeutel?« Wir verließen das Haus durch die Hintertür und ich verschloss sie sorgfältig und rückte den Fußabtreter so zurecht, dass man sofort sah, falls er bewegt worden war. Mandy steckte mit der Nase in der Puderdose und bemerkte es nicht.

»Apropos Geldbeutel!« Sie trat einige Schritte zurück. »Ich glaube, ich habe das noch nicht erwähnt. Davide will zehn Pfund pro Stunde und ich habe eingewilligt.«

»Was?« Ich stürzte mich auf sie um sie zu erwürgen, brach mir aber stattdessen nur einen Absatz ab und erwürgte mich selbst um ein Haar an der Wäscheleine.

Praktisch der gesamte Stall quoll aus dem Pferdehänger, als wir vor dem »Jockey's Rest« hielten. Mandy und ich waren relativ bequem vorne im Fahrerhaus neben Scooby gesessen. Mandy tat mir Leid. Sie hatte von einem romantischen Abend zu zweit geträumt und musste stattdessen die halbe Cheltenhamer Renngemeinde ertragen. Sie schloss entsetzt die Augen, als Ben in Gesellschaft von Sharpie O'Hare und Daryl Hamley aus der Kneipentür polterte, knallbunte Boxershorts über den Hosen und einen Kinderreithelm verkehrt herum auf dem Kopf. Im Gesicht klebte ihm ein karottenroter falscher Schnauzbart und um den Hals trug er einen Führstrick. Alle stürmten johlend auf ihn zu um ihn zu knuffen und in die Luft zu werfen. Mandy verzog das Gesicht, als Ben mit Armen und Beinen durch die Luft ruderte und hinter einem Barhocker verschwand.

Mein Herzschlag schnellte in die Höhe, als die Tür aufging und Rory hereinkam. Jedes einzelne weibliche Wesen in der Kneipe drehte sich nach ihm um. Ich hatte die Tür die ganze Zeit beobachtet, als wäre sie eine Henne, die jeden Moment ein goldenes Ei legen konnte, und darum gebetet, dass er rechtzeitig vom Rennen in Cardiff zurückkam. Er sah erschöpft und blass aus und hätte eine Rasur vertragen.

»He, ist das dein Freund?« Ein Mädchen mit tiefem Ausschnitt flüsterte vom Nachbartisch herüber, als wäre ein Filmstar zur Tür hereingekommen. Ich hatte das Gefühl, dass – auch wenn ich bejahte – sie ihm gleich in die Arme hüpfen und ihn über und über mit karmesinrotem Lippenstift bedecken würde. Rory merkte nichts von alledem; er kam auf mich zu und gab mir einen Kuss, bevor er an die Bar ging, um sich einen Drink zu bestellen.

Als er sich neben mich setzte, warf er mir heimlich einen fragenden Blick zu, wie lange wir bleiben müssten, um nicht unhöflich zu wirken. Mandy ließ den Kopf hängen, zerpflückte mit der einen Hand einen Bierfilz und klopfte mit der anderen rhythmisch gegen ihre wasserfeste Wimperntusche. Ben war noch immer nicht unter den rüden Beglückwünschungen aufgetaucht, die sich bis in alle Ewigkeit fortzusetzen schienen.

»Und, wie ist es gelaufen?«, fragte ich Rory.

»Zwei Siege und einmal Dritter.« Er rieb sich Stirn und Schläfen. »Musste die Gäule praktisch rübertragen.«

Eines der Rennen hatte ich im Fernsehen verfolgt. Rory hatte ein absolut durchschnittliches Pferd überragend aussehen lassen. Es würde wahrscheinlich nie wieder ein Rennen gewinnen, nicht mit einem weniger hervorragenden Reiter.

Rory trank sein Mineralwasser aus. Ich wusste, dass er wahrscheinlich den ganzen Tag nur Eiswürfel und zuckerfreien Kaugummi gegessen hatte. Er lebte von Krümeln um das Gewicht zu halten.

»Der hält nicht durch!« Eine Gruppe Stalljungen stritten um eine Dreierwette für das National.

»Ach komm, den Hennessy Cup ist er auch gut gelaufen und der ist fast dreieinhalb Meilen lang.«

»Blödsinn. Das ist, wie wenn du Sackhüpfen mit einem Marathonlauf vergleichst.«

»Es ist sowieso klar, welches Pferd das National gewinnt. Und zwar Murphy!«, schrie Larry mit

Guinness-schwerer Stimme durch den Raum. Der Geräuschpegel verebbte. Spannung breitete sich in Sekundenschnelle aus. Ich biss mir auf die Lippen und schloss die Augen. Im ganzen Land, in allen Kneipen, Wohnzimmern, Wettbüros, Postämtern und Dorfläden diskutierten die Menschen unsere Chancen. Ich kam mir vor, als hinge mir der Felsen von Gibraltar um den Hals. Der Druck presste mir die Schläfen zusammen und verknotete mir die Därme. Am liebsten wäre ich einfach nur heimgegangen, um all diese Spekulationen zu vergessen und normal zu sein.

Als endlich alle wieder zu sprechen anfingen, klingelte Rorys Handy.

»Tut mir Leid, ich muss weg.« Er griff nach seinem Autoschlüssel und schob den Stuhl zurück.

»Wohin? Um diese Zeit?« Ein Anflug von Panik schlich sich in meine Stimme.

»Zu einem Trainer in Lambourn. Will, dass ich ein Pferd für ihn reite am Montag in Aintree.«

»Ach so?«

»Er will, dass ich es sofort ansehe.«

»Aber Rory, es ist dunkel. Und du bist in Cheltenham, nicht in Lambourn.«

»Er hat eine Reithalle und ich ein schnelles Auto.« Das Fieber eines neuen Rittes, einer neuen Gewinnchance ergriff Besitz von ihm. Es war eine Sucht.

»Wie soll ich dann heimkommen?« Ich wusste, dass meine Stimme weinerlich klang, aber ich konnte nicht anders. Auf keinen Fall wollte ich mit einem Haufen betrunkener Stallarbeiter wieder in den Hänger klettern, wo sie mir auf die Zehen steigen und Bier ausdünsten würden.

»Ich kann dich heimfahren!« Davide, der erst vor ein paar Minuten hereingekommen war und sich an unseren Tisch gesetzt hatte, holte den Autoschlüssel aus der Tasche.

»Erspare mir die Highway-Räubernummer!«

»Ich fahre einen Porsche mit guter Heizung und Fellüberzug auf den Sitzen und ich habe keinen Schluck getrunken.«

»Davide wird dich schon gut heimbringen.« Rory gab mir ein Küsschen auf die Wange und schlüpfte in seine Jacke.

Ich wusste, dass Davide mich gut heimbringen würde, aber darum ging es nicht. Ich wollte bei Rory sein. Aber ich musste mich schon in ein Rennpferd verwandeln, wenn ich mehr als eine flüchtige Stunde mit ihm verbringen wollte. Tränen brannten mir in den Augen, aber ich biss die Zähne zusammen.

»Freut es dich nicht, dass ich bei euch sauber mache?« Davide musterte mich fragend. »Ich bringe auch meinen eigenen Staubsauger und Wischmopp mit.«

Sein italienischer Akzent und die Erwähnung eines Porsche erregten die Aufmerksamkeit des Mädchens mit dem tiefen Ausschnitt. »Du kannst bei mir sauber machen, Süßer! Wann immer du willst.« Sie blinzelte mir zu und drängelte sich zu Davide durch um ihm die Haare zu zerzausen.

»Je früher ich nach Hause komme, desto besser.«

Ich markierte ein Gähnen. »Am liebsten gleich. Auf der Stelle. In dieser Minute.« Ich sah mich nach Mandy um, aber die stand an der Bar, wo Larry sie gerade zu einer Partie Dart überredete. Ihre Schultern hingen herab und sie sah etwa so enttäuscht von der Liebe aus, wie ich mich gerade fühlte.

Davide fuhr genau wie Rory und das hieß: wie ein Grand-Prix-Fahrer. In den Kurven quietschten die Reifen, wenn er die Gänge aufbrüllen ließ. Wenn man Sportpsychologen glauben darf, sind alle Jockeys süchtig nach Geschwindigkeit, aber ich meinerseits hätte mich in einem alten R4 wohler gefühlt. Davide plauderte über Delikatessen aus seiner Heimat Italien: »Hier habt ihr knusprige Schweineschwarten, aber zu Hause essen wir gekochte Nerven in große Topf auf Herd, hmmm!« Er küsste sich die Fingerspitzen. Mir hob es den Magen.

Lichtjahre vergingen, bevor wir in Dolphin Barn bremsten. Plötzlich ließ Davide in dramatischer Pose den Kopf auf das Lenkrad sinken.

Ich sprang vor Schreck hoch.

»Ich muss etwas vom Herzen kriegen. Ich muss dir was sagen. Deshalb wollte ich dein Haus putzen, damit ich dich sehen kann.«

Einen schrecklichen Augenblick lang befürchtete ich, er wolle mir seine unsterbliche Liebe schwören, und textete in Sekundenschnelle eine passende Antwort zusammen, die sein leidenschaftliches italienisches Herz nicht brechen würde.

Er hob den Kopf und starrte auf die hin- und herhuschenden Scheibenwischer. »Ich fühle mich wie ein schlechter Mann, weil ich dir nicht früher gesagt habe, aber alle verabredet, nichts sagen, weil in Vergangenheit.«

Ich räusperte mich nervös. »Davide, jetzt mach endlich! Was willst du mir denn sagen?«

»Ich will sagen, dass Dougie Barnes ein gefährlicher Mann. Acht Jahre früher er bringt schönes junges Mädchen in Rollstuhl und ist ihm egal. Er reitet gegen sie, genau wie gegen dich, und sie bricht Rücken. Alles groß vertuscht. Er hat Reiten aufgehört, aber letztes Jahr er fängt wieder an. Aber er ist immer noch selbe Mann. Er ist böse, er tut alles für Sieg und er hasst Mädchenjockeys. Bitte, Justina, reite das National nicht, du bist in echter Gefahr. Er ist ein Psych... Psycho... wie sagt man?«

»Davide, wer weiß alles davon?« Zu meinem Erstaunen war meine Stimme nur einige Töne höher. Ich war froh, dass ich überhaupt ein Wort herausbekam.

»Die anderen Reiter. Sharpie O'Hare erinnert sich an das Rennen und das Mädchen. Der Vater von Ben Le Sueur ist Rennen mitgeritten. Aber Rory weiß nichts. Sie denken, nichts passiert, wenn nichts sagen, denken, dass Barnes nicht wieder so dumm sein kann. Sie haben alle Angst vor ihm.«

»Danke, dass du es mir gesagt hast.« Mechanisch öffnete ich den Sicherheitsgurt und stemmte mich aus dem Auto.

»Wirst du also doch reiten?« In seiner Stimme lag leichte Panik.

»Was denkst du denn?«, gab ich zurück.

Der Porsche spritzte durch eine Pfütze davon, als ich auf das Cottage zulief, und verschwand in der Dunkelheit. Ich sperrte auf und lehnte mich schwer atmend vor Angst gegen die Tür, mit jeder Faser auf ungewöhnliche Geräusche lauschend. Aber da war nichts. Nur Smokey, die eifrig Willkommensgrüße miaute und mir um die Beine strich. Ich atmete tief aus und beugte mich nieder um sie zu streicheln. »Falls es so etwas wie Telepathie gibt«, flüsterte ich heiser, »ist Rory Calligan jetzt schon mit Höchstgeschwindigkeit in Richtung Dolphin Barn unterwegs.«

Aber ich wusste, wie wenig wahrscheinlich das war. Er jagte einem Sieger nach und einem Traum. Ich war auf mich allein gestellt und über alle Maßen verängstigt.

5

»Heute trainierst du den Canal Turn.« Der Chef tastete Murphy ab, fand instinktiv jede Anspannung, jeden harten Muskel, jede noch so kleine heiße Stelle.

Draußen strömte dichter Regen vom Himmel und

verhinderte jegliche Sicht. Es war die letzte Woche vor dem Rennen, und wenn es so weiterregnete, würde der Boden tief bis morastig sein. Murphy war ein großes Pferd und schwerer Boden nagte an seiner Kraft. Viereinhalb Meilen unter sintflutartigen Bedingungen schafften wir nie. Der Chef und ich, wir wussten das beide. Er war angespannt wie eine Feder. Stressfalten tauchten plötzlich in seinem Gesicht auf wie Risse in ausgedörrter Erde. Der Druck war enorm. Die Zeitungen waren morgens voller Spekulationen: Jedes einzelne Pferd des größten *Steeplechase* der Welt wurde einzeln durchgehechelt. Egal, wohin ich schaute, sah ich Justina Brooks und die berühmten schwarz-burgunderroten Rennfarben von Dolphin Barn.

Roy, einer der Stallburschen, gab uns eine Decke über die Boxentür. Murphy scheute erschrocken.

»Du blöder, stumpfsinniger Idiot!« Der Chef stürzte sich auf ihn. »Noch nie von gezerrten Muskeln gehört? Und außerdem ist das die falsche Decke. Ich sagte, die wasserdichte, du Holzkopf! Wie oft muss ich dir das denn sagen?« Der Chef schleuderte ihm die Decke in die Arme, entriss sie ihm dann wieder und stampfte auf dem nassen, verschlammten Zementboden darauf herum. »Mach sie sauber und räum sie ordentlich an ihren Platz zurück!«

Ein Schauder des Entsetzens durchfuhr jeden in Hörweite. Der Chef war ein hervorragender, leidenschaftlicher Trainer, aber er konnte auch ein übellauniger Leuteschinder mit einer fanatischen Besessenheit für seine Pferde sein. Roy tat mir total Leid, er war dunkelrot angelaufen und stolperte davon. Wahrscheinlich kam er sich vor, als habe ihn eine Kobra gebissen.

»Das war nicht fair«, sagte ich und bedauerte es sofort, als der Chef mich mit schmalen, durchdringenden Augen ins Visier nahm.

Er hob das Kinn: »Falls du als Jockey irgendetwas beweisen willst, schlage ich vor, dass du den Helm festschnallst, auf die Bahn gehst und der Welt beweist, dass du mit der härtesten Prüfung der Rennwelt fertig wirst.«

»Warum hat er mir nichts davon gesagt?«, fauchte ich Scooby an, der auf Tralligan neben mir herritt.

Mark und Andy waren zu einem Nachdreh hergekommen und parkten auf halber Strecke neben der Trainingsbahn, genau dort, wo die Jungs einen Grand-National-Sprung nachgebaut hatten, indem sie einen normalen Sprung mithilfe von Strohballen erhöht hatten. Die Vorstellung, zu dieser unsäglichen Morgenstunde gefilmt zu werden und noch dazu beim Springen, war einfach zu viel. Ich hatte keine Chance gehabt, mich innerlich darauf vorzubereiten.

Mark und Andy waren ausgerüstet wie für eine Wildwasserfahrt. Sogar die Kamera steckte in einem eigenen Regenüberzug. Um das Fass zum Überlaufen zu bringen, verlangten sie dann auch noch von mir, ohne Mantel und in den Stallfarben zu reiten. Mir klapperten die Zähne und die Finger froren am

Zügel fest. Murphy spannte den Rücken und buckelte wütend, als der Regen ihm in kleinen Sturzbächen durch die Mähne über den Hals rann. Mir tat der Rücken weh und mein Kopf fühlte sich taub an. Ich hatte in der vergangenen Nacht keine Minute geschlafen nach all dem, was Davide mir erzählt hatte. Seine Worte kreisten in einer unbarmherzigen Endlosschleife durch mein Gehirn.

Aber die Anweisungen des Chefs hatte ich deutlich verstanden. Nach einer Aufwärmrunde neben Tralligan sollte ich abdrehen, den Sprung ansteuern und nach der Landung sofort scharf nach links abbiegen – genau wie nach dem Canal Turn in Aintree. Wendungen waren nie unsere große Stärke gewesen und links war erst recht nicht Murphys Schokoladenseite.

»Klammer dich mit den Unterschenkeln fest! Kopf und Schultern unten lassen. Und reiß ihm nicht im Maul! Zügel nicht zu straff halten …«, bellte der Chef Befehle. Chelsea, die auch dabei sein wollte, raste plötzlich auf den Sprung zu – die kurzen Beine flogen im Nähmaschinentakt durch die Luft – und kläffte hysterisch.

»Cut!« Andy polierte wie wild über die Linse der Kamera. Ich hatte noch nicht mal mit dem Anreiten begonnen.

»Schafft mir das verdammte Hundevieh ins Auto!«, brüllte der Chef, musste es aber selbst erledigen, da Scooby mit trotziger Stimme zurückgab, eher würde er einen Piranha anfassen.

Murphy und ich nahmen nun den Sprung ins Visier. Ich war jedes Mal von neuem von seiner gewaltigen Kraft beeindruckt. Er powerte durch den tiefen Boden und flog über eine kleinere Hecke, als hätte er ein Sprungbrett unter den Hufen. Begeisterung wallte in mir auf.

Wir bogen zum Canal Turn ab. Murphys Ohren flogen nach vorn.

»Okay, mein Junge, du musst einfach nur springen und dich dann um neunzig Grad in der Luft drehen. Das reinste Kinderspiel.« Wir jagten in nervenzerfetzendem Tempo in gerader Linie auf den Sprung zu. Normalerweise hat man bei Hindernisrennen und Springturnieren trotz allem noch Zeit, das Pferd sauber an den Sprung zu stellen. Aber nicht beim National. Dreißig oder mehr Pferde würden ohne Pause über die Hecke branden, manche ineinander rasen, sich stauen, übereinander stürzen. Da ging es ums Überleben und um blitzschnelle Reaktionen. Es erforderte mehr als nur Reiten. Es erforderte, dass Pferd und Reiter eins wurden.

Alle Augen waren auf den Sprung geheftet. Nichts war zu hören, nicht einmal ein Atmen. Murphy zog sich wie eine Sprungfeder zusammen, bereit abzuschnellen. Jede Faser angespannt, jeder Muskel in der Kruppe zusammengezogen, bereit ihn loszukatapultieren.

Gleich war es so weit. Drei, zwei, eins. Er schoss in die Höhe, verschwendete keinen Gedanken mehr an den Regen, tat, was er am besten konnte – sprang ab und ließ den Boden hinter sich mit einer kaum je gesehenen Macht und Reichweite. Er war *Arkle,* Red Rum, ein Champion, und er gehorchte mir. Ich hatte sein Talent zum Vorschein gebracht.

»Was war das denn bitte?«, knurrte der Chef und erbebte leicht, sodass sein Mund zuckte, als wir zu ihm zurückritten.

Wir hatten die Wendung komplett verpatzt. Murphy hatte nicht begriffen, was ich von ihm wollte, und wir waren etliche Längen über die Kurve hinausgeschossen. Ich konnte kaum glauben, wie schwierig es war. Eine neue Verunsicherung unterspülte mein Selbstvertrauen.

»Ist dir klar, was das im Rennen bedeutet?« Der Chef legte eine ledrige Hand an Murphys Zügel und hielt ihn an. »Mit so was bist du draußen. Tot. Aus dem Rennen und Meilen hinterher. Ende der Geschichte. Aus. Vorbei. Verschissen. Du musst messerscharf sein. Du musst dicht an der inneren Rail bleiben und den linken Zügel öffnen, sobald du seine Vorhand abheben spürst. Es geht um Sekunden. Du hast genau zwei Chancen – Sprung acht in der ersten Runde und Sprung vierundzwanzig in der zweiten. Wenn er von dem tiefen Boden erschöpft ist, musst du ihn praktisch rübertragen. Er braucht dich, er braucht einen guten Jockey. Du kannst nicht da oben rumsitzen und dir die Fingernägel feilen.«

Wir sprangen wieder und wieder. Jedes Mal enger, konzentrierter. Wir wirbelten in der Luft herum. Murphy kapierte, um was es ging. Ich war so konzentriert, dass ich die surrende Kamera völlig vergaß. Alle Anwesenden standen wie gebannt vom Zauber dieses Augenblicks. Ein großes Rennpferd wurde trainiert, es war ein besonderer Moment, ein Ausblick auf die Zukunft. Der Chef kannte jeden Trick. Jeder Hinweis, jede Anweisung war eine Feinjustierung unserer Perfektion. Und der Chef kannte jeden Grashalm auf der Bahn von Aintree.

»Ich habe damit bis jetzt gewartet«, erläuterte er, »um dich aufzurütteln. Ich will, dass du den Canal Turn am Samstag frisch in deiner Erinnerung hast. Damit du nicht vor lauter Hektik Fehler machst.«

Nicht zum ersten Mal staunte ich, was für ein herausragender Trainer er doch war. Instinktiv wusste er, wie er das Beste aus Reitern und Pferden herausholen konnte. Außerdem war dies auch sein ganz persönlicher Feldzug: Zwanzig Jahre war es her, dass er einen Grand-National-Sieger trainiert hatte. Andere, jüngere Trainer hielten ihn für Alteisen, für längst aus dem Rennen. Er hatte so sehr etwas zu beweisen wie ich.

»Das war einzigartig.« Andy hatte die Kamera vorsichtig wieder im Auto verstaut und er und Mark stakten durch den Matsch auf die Hecke zu. Dicke Dampfwolken stiegen von Murphy auf, aber er war kein bisschen außer Atem. Er drehte sich wie wild im Kreis, begierig endlich weiterzuspringen. Die Nüstern glühten hellrot und Regen, vermischt mit Schweiß, färbte sein Fell fast schwarz.

Niemand achtete mehr auf Kälte und Nässe.

»Das war brillant! Genau, was die Zuschauer sehen wollen.« Beide Männer waren überwältigt von dem Gefilmten. »Wir senden es Mittwochabend, gleich nach der Aufstellung der Favoriten. Wir nennen es ›Auf dem Weg zum Sieg‹.«

»Ist das nicht etwas übertrieben? Das klingt ja so, als wäre uns der Sieg sicher.«

Über den Rappen verlor keiner mehr ein Wort. Der russische Herausforderer war zur Bedeutungslosigkeit geschrumpft. Ich bemerkte, wie der Chef Marks grünen Pulli beäugte, der bei jeder Windböe unter seinem Mantel zum Vorschein kam. Der Chef war höllisch abergläubisch und erlaubte keinerlei grüne Kleidung auf Dolphin Barn, weil er überzeugt war, dass sie Unglück brachte. Dieser Zufall, gerade während wir Murphys Chancen besprachen, behagte ihm sicher gar nicht. Wir wussten alle, dass man für den Sieg beim National Können, Entschlossenheit und Mut brauchte. Aber man brauchte auch Glück. Kübelweise.

Zum ersten Mal fiel mir auf, wie müde der Chef aussah. Die Vorbereitungen auf das Rennen forderten ihren Tribut. Trotz der allgemeinen Hochstimmung ging er mit angespanntem Gesicht und den hängenden Schultern eines alten Mannes zu seinem Auto zurück.

»Darf ich dich auf ein Bier einladen?« Ich war in der Mittagspause zum »Jockey's Rest« davongeschlichen, mit der einzigen Absicht, Sharpie O'Hare zu begegnen. Er stand am Ende des Tresens und rollte sich zwischen Zeigefinger und Daumen sorgfältig eine Zigarette. Wegen des rauchigen Zwielichts kniff ich die Augen zusammen und griff in die Tasche.

»Ein Glas Guinness käm nicht ungelegen.«

Sharpie O'Hare war einer der ältesten noch aktiven Jockeys. Er war in Belfast aufgewachsen und hatte auf Gemeindeland – ohne Sattel und mit nichts als einem Strick um den Ponyhals – Reiten gelernt. Wie wir alle hatte er als Stallbursche angefangen und gehofft, dass sein Talent entdeckt würde. Auf jeden Stallburschen, der Jockey wurde, kamen Tausende, die es nicht schafften. Im vergangenen Jahr hatte er einen scheußlichen Unfall am Wassergraben gehabt und war beinahe gestorben. Seither bekam er kaum noch Ritte und alle redeten auf ihn ein, den Job aufzugeben. Ich schob Geld für ein Guinness über den Tresen und fragte ihn, ob er sich mit mir an einen Tisch setzen wolle.

»Also, warum bist du gekommen? Um meinen besten Partytrick zu sehen oder um herauszufinden, wie man den Becher's anreitet?«

Bei ersterem Vorschlag verzog ich das Gesicht. Sharpie hatte sich so oft die Schulter ausgekugelt, dass er das Schultergelenk nach Belieben aus der Gelenkpfanne ziehen und verdrehen konnte. Es sah dann aus, als wäre sein Arm verkehrt herum angewachsen.

»Also Becher's?« Er holte tief Luft. »Wollen mal sehen: Vierzehn Mal das National und kein einziger Sturz am Brook, das muss ein nationaler Rekord sein.«

Auch wenn ich gar nicht deswegen gekommen war, saugte ich diese Informationen wie ein Schwamm in mich hinein. Sharpie war ein Spitzenjockey gewesen und seine große Erfahrung hatte ihm seinen Spitznamen eingebracht.

»Becher's ist anders als jeder andere Sprung von Aintree und nicht allein deshalb, weil man bergab springt – und glaub mir, das kann dir einige Wochen eine Halsstütze einbringen. – Nein, sondern weil er in einer Kurve liegt, verstehst du? Und es kommt dir vor, als ob du mitten in die Pferde auf deiner rechten Seite reinspringst. Es ist höllisch laut, alles schreit und das lenkt die Pferde vom Sprung ab, vor allem Frontrenner wie deinen Burschen. Er wird zu sehr auf die Menge um ihn horchen um den Abhang mitzukriegen. Becher's ist euer Hauptfeind, glaub's mir. Wenn du den Burschen da drüber kriegst, kannst du das Rennen schaffen.«

»Und mehr nicht?« Ich warf ihm einen Blick zu.

Er zuckte mit den Schultern. »Wenn man nur die Buchstaben G und N ausspricht, krümmen sich die meisten Jockeys vor Schiss. Ich hab Reiter in Tränen aufgelöst gesehen, nachdem sie die Bahn abgelaufen waren. Sie ist rau, heftig, höllenschwer. Warum willst du das überhaupt machen? Das ist kein Pony-Klub-Rennen.«

Innerlich fuhr ich die Krallen aus, aber ich zwang

mich zu einem Lächeln. Inzwischen war ich entschlossener denn je. »Vielleicht machst du dir ja nur Sorgen, weil jemand mich verletzen will?« Ich ließ meine Stimme sinken.

Er erstarrte.

»Du warst jahrelang mit Dougie Barnes befreundet. Du musst von allem, was vorgefallen ist, wissen.«

»Nicht befreundet: Geschäftspartner. Und ich hab seit Wochen nicht mehr wirklich mit ihm geredet.«

»Aber von dem Unfall weißt du schon? Wie hieß das Mädchen gleich?«

Nur ein kleines Zucken des Mundwinkels verriet seine Nervosität, aber an den Augen konnte ich ablesen, dass er nach Worten suchte. »Ich weiß gar nichts. Ich hatte einen Unfall, erinnerst du dich? An manche Sachen erinnere ich mich einfach nicht.«

»Komisch, an den Becher's hast du dich gut erinnert.«

»Pass auf: Ich weiß nichts, okay?« Er erhob sich halb von seinem Stuhl und verschüttete fast das Bier. Die Knöchel der Hand, die das Glas hielt, waren weiß. »Keiner wird dir irgendwas erzählen. Die Vergangenheit ist vorbei. Besser, man lässt sie ruhen.« Er trank sein Glas leer und stand auf. »Soll ich dir ein Bier bringen, bevor ich gehe?«

Enttäuschung und Verwirrung über seine Reaktion ließen mich mit der Antwort zögern. Was war bloß los? »Ach so, nein danke«, sagte ich schließlich. »Ich trinke kein Bier. Bin noch nicht volljährig.«

*

»Wo sind die Gelben Seiten?« Ich schaute unter alle Sofakissen und durchwühlte anschließend den Zeitungsständer, der überquoll von Formbüchern und alten Ausgaben von »Pferd und Hund«.

Mandy hatte sich auf dem Fußboden ausgebreitet, wo sie mit einer Trimmschere, mit der man normalerweise Pferden die Fesselbehänge kürzt, Stoff für ein Hawaiihemd für Ben zuschnitt. Smokey versuchte eine Schachtel Stecknadeln umzuwerfen und sich selbst zu akupunktieren. Mit dem Hawaiihemd allein würde sie allerdings nicht nach Mauritius kommen. Ben war bekannt dafür, dass er Stacheldraht um seine Geldbörse gewickelt hatte. Und um sein Herz auch, dachte ich. Er hatte kein Wort über Barnes fallen lassen, obwohl er offensichtlich davon wusste. Ich griff im letzten Moment nach Smokey und nahm dann mit dem allgemeinen Telefonbuch vorlieb.

»Verflucht!«

»Was denn?«

»Hm, gar nichts.« Ich kaute hektisch an den Fingernägeln herum. Ich hatte schon die Cheltenhamer Bücherei angerufen, ob man bei ihnen alte Zeitungen durchschauen konnte, aber sie hatten wegen Renovierung geschlossen. Die Lokalzeitung besaß auch ein Archiv, aber es würde einige Tage in Anspruch nehmen, die entsprechenden Zeitungen durchzusehen, und sie litten an Personalmangel. Ich wagte nicht, Mandy zu erzählen, was Davide gesagt hatte. Sie würde auf direktem Wege zu Rory und dem Chef gehen und außerdem mit Ben streiten, wenn sie herausfand, dass er nichts gesagt hatte. Und auch wenn der Chef vielleicht von dem Unfall wusste, hatte er doch keine Ahnung, dass Dougie Barnes mich bedrohte.

Ich spürte in den Knochen, dass Barnes es ernst meinte. Er konnte auch nur ein psychologisches Spielchen treiben, in der Hoffnung, dass ich zusammenbrach, wenn es darauf ankam, aber ich war seine Hauptrivalin. Beide waren wir bis zum Äußersten entschlossen das National zu gewinnen. Ich hatte bereits einen Vorgeschmack davon, wie weit er ging, und Davide war nicht wegen nichts besorgt. Er glaubte wirklich, dass ich mich in Gefahr brachte.

»Ich wollte was über das National herausfinden«, redete ich mich gegenüber Mandy heraus. »In der Leihbücherei.« Wenn sie roch, dass etwas faul war, würde sie nicht mehr locker lassen. Zum Glück war sie zu sehr mit einer Büchse schreiend kitschiger Knöpfe beschäftigt, die ihre Oma ihr geschickt hatte.

»Warum willst du denn in die Bücherei gehen, wenn wir hier auf dem Hof ein privates Superhirn haben?«

»Wie bitte?«

»Badger«, grinste sie. »Ich glaube, er war schon dabei, als das erste Vollblut erschaffen wurde. Beim Quiz im Pub weiß er jedenfalls immer alles.«

»Mandy, du bist die Beste!« Ich küsste sie auf den Kopf. »Großartige Idee.«

»Ach ja, und ich hab Ben wegen dieses Widerlings

Barnes befragt. Ich habe ihm erzählt, wie verängstigt du warst, und er sagt, das brauchst du nicht. Der schwätzt viel dummes Zeug, aber ein paar von den älteren Jockeys haben ihn sich vorgenommen und er wird keine weiteren Dinger mehr drehen. Das traut er sich nicht.«

»Verstehe.« Komisch nur, dass ich kein bisschen beruhigt war.

Als Stallmeister, dem das gesamte Personal und neunzig Rennpferde unterstanden, hatte Badger sein eigenes Haus auf dem Anwesen. Nicht dass er sich dort viel aufhalten würde. Sein Leben waren die Stallungen und die Pferde und niemand fing früher zu arbeiten an oder hörte später auf als er – egal, an welchem Tag der Woche.

Ich klopfte nervös gegen die Verandatür. In ungefähr einer Stunde ging er noch ein letztes Mal hinaus und sah nach den Pferden, bevor er sich schlafen legte. In einem nahe gelegenen Baum schrie eine Eule und ich spürte fast, wie sie mich mit ihren perlglänzenden Augen beobachtete. Ich fröstelte und zog den Mantel enger um mich.

Ein Licht ging an.

Badger drückte die Vordertür mit einigen Schwierigkeiten auf. Offensichtlich wurde sie nicht oft benutzt. Seine Augen verrieten, dass er dachte, etwas sei bei den Pferden nicht in Ordnung.

»Alles in Ordnung. Es ist nichts passiert. Ich wollte etwas fragen, das ist alles. Wenn es recht ist. Es dauert nur einen Moment.«

Widerwillig öffnete er die Tür ganz und ließ mich ein. Ich trat direkt in ein winziges Wohnzimmer, in dem ein Fernseher lief. Neben der Couch lag eine Zeitung, auf der ich mir die Füße abtreten sollte. Trotz des Schummerlichts konnte man sehen, dass der Raum sich seit Jahrzehnten nicht verändert hatte. Ich hätte wetten mögen, dass die Spüle noch aus Stein war.

»Soso, ich glaube, ich weiß auch, um was es geht.«

»Ja?« Ich verfing mich mit der Ferse in einer Falte des Teppichs und stolperte. Ich kam mir echt dämlich vor.

»Du willst wissen, wie das mit Dougie Barnes war.«

Ich konnte einfach nicht glauben, dass er wusste, warum ich gekommen war. Er gab mir bereitwillig alle Informationen, wenn auch in resigniertem Ton. Es war fast, als genösse er das Heraufbeschwören der Erinnerungen. Ich konnte gar nicht genug hören.

»Es ist über acht Jahre her. Sechzehnter September. Ich erinnere mich, dass der Boden granithart war. Sie war ein hübsches Ding, aber wesentlich zäher, als die Leute glaubten. Und sie war eine gute Reiterin. Das missfiel Dougie am meisten. Er hatte einige schlechte Rennen hinter sich und dann schlug sie ihn in einem Anfängerrennen. Das war der Wendepunkt. Er drohte damit, sie vom Pferd zu reiten, doch niemand glaubte, dass er es wirklich tun würde. Er wartete, bis sie draußen im Wald waren, und rempelte sie dann, sodass ihr Pferd sich überschlug. Sie geriet darunter. Das Pferd war auf der Stelle tot und sie hatte sich die Wirbelsäule zertrümmert. Sie endete im Rollstuhl. Das war das Ende von Melody Phipps' Karriere auf der Rennbahn.« Badger saugte die Wangen ein und schüttelte den Kopf, als spräche er von einem Pferd oder Hund.

»Das heißt, sie lebt noch?«, drängte ich.

»Aber ja. Ich hab ihr sogar mal geschrieben. Sie ist nach dem Unfall mit ihrer Mutter hoch nach Blackburn in Lancashire gezogen. Ich glaube, sie führen dort einen Mietstall. Nettes Mädel.«

»Aber sie hat ihn nie angezeigt?«

»Ja, doch. Sie wollte Dougie ins Gefängnis bringen, aber die anderen Reiter deckten ihn und verweigerten die Aussage. Behaupteten, sie hätten in dem Rennen nichts gesehen. Natürlich war niemand sehr überrascht, sie waren schließlich nicht ganz unschuldig.«

»Was willst du damit sagen?«

»Dougie hatte Sharpie O'Hare und Kevin Le Sueur angestachelt. Sie steckten mit ihm unter einer Decke. Einige Wochen vorher waren sie maskiert und verkleidet vor ihrem Haus aufgetaucht, mit Fackeln in der Hand, um sie einzuschüchtern. Es war weiter gegangen als geplant und da begriffen die Jungs, was Barnes vorhatte. Doch da waren sie schon in die Sache verwickelt.

»Ist Kevin Bens Vater?«

»Ja, genau. Ben ahnt, was vorgefallen ist, will aber

nicht in dunklen Familiengeheimnissen herumstochern.«

Ich ließ mich aufs Sofa fallen, als hätte mir jemand in die Kniekehlen getreten.

»Ich würde mir keine Sorgen machen.« Badgers Augen zogen sich zusammen, fast ein wenig verächtlich. »Er wird diesmal keine Tricks versuchen, nicht, nachdem Sharpie mit ihm geredet hat, und ganz sicher nicht, während die halbe Welt zusieht.«

Mein Magen rebellierte. Es war tatsächlich eines der größten sportlichen Ereignisse der Welt. Der Sieger wurde über Nacht berühmt.

»Er könnte etwas anderes versuchen«, krächzte ich heiser und bemühte mich um ein Lächeln.

Badger überhörte mich und starrte stattdessen auf das Ölbild über dem Kamin. Es war eine Kopie des Bildes, das beim Chef im Büro hing: National-Sieger Dolphin, den der Chef trainiert hatte.

»Du willst auch nicht, dass ich das Rennen reite, stimmt's?« Ich hatte es nicht aussprechen wollen, aber jetzt musste ich weitermachen. »Du glaubst nicht, dass ich es schaffen kann. Du glaubst, ein Mann sollte ihn reiten. Es steht dir ins Gesicht geschrieben.«

Er leugnete es nicht. »Ich glaube, dass der Chef ein erstklassiger Trainer ist.« Er kratzte sich das Kinn. »Er brächte sogar eine Ziege zum Gewinnen und mit Murphy hat er eine zweite Chance auf einen Sieger. Ich will nur, dass er die beste Chance bekommt.«

Ich schwieg einige Minuten lang, hörte nur das Blut in meinen Ohren rauschen. »Vielleicht sollte ich dich daran erinnern«, brachte ich schließlich mit hohl klingender Stimme hervor, »dass Murphy sich nicht von Männern reiten lässt. Und wenn ich mich nicht aus dem Fenster gelehnt und dabei meinen Job riskiert hätte, wäre er gar nicht hier in Dolphin Barn. Wie hast du ihn genannt, als du ihn das erste Mal sahst: ›Ein Boot auf vier Beinen. Ein Pferd, das kein Rennen gewinnt, und wenn man ihm drei Meilen Vorsprung gibt.‹ Ich habe mir das Recht verdient, ihn am Samstag zu reiten, und das weißt du auch. Bleibt nur noch übrig zu siegen – und wir werden siegen!«

Draußen dämpfte die eisige schwarze Luft mein Temperament. Ich atmete tief durch und ging den Pfad entlang auf das Licht aus unserem Küchenfenster zu. Ich war ruhig, aber die Hitze meiner Überzeugung hatte plötzlich eine hauchfeine Kante des Zweifels bekommen. Ich musste diesem Gedanken ins Gesicht sehen. Konnte ich einem solchen Pferd wirklich gerecht werden? Oder hatte ich mir mehr auf den Teller geladen, als ich bewältigen konnte?

6

»Bei dir alles in Ordnung?« Es war Rorys heisere Stimme. Ich hatte beim dritten Läuten abgenommen und hielt den Hörer jetzt wie einen wertvollen Gegenstand.

»Wo bist du?«

»Bristol. Sitze im Hof eines Trainers und warte auf das erste *Lot.* Sie schicken ein Pferd zum National, haben aber noch keinen Jockey. Ist ein hoffnungsloser Fall, aber so kann ich wenigstens die Parade an den Tribünen vorbei mit dir reiten.«

Ich bekam kein Wort heraus. Der Gedanke, dass Rory mit mir das große Rennen reiten würde, war zu gut. Die Erleichterung überwältigte mich fast. »Letzte Nacht im Traum bin ich am ersten Hindernis gestürzt und die Zuschauermassen stürmten die Bahn und lynchten mich.«

»Der übliche Stress vor den großen Rennen«, antwortete Rory. Er aß irgendwas. Ich hörte ihn die Verpackung abreißen. Diesen Anruf würde ich den ganzen restlichen Tag über immer wieder in meinem Kopf abspielen. Rory machte irgendwas mit mir, was sonst niemand konnte. Mir wurde warm und kribbelig.

»Ich hab noch einen Renner in Taunton, aber heute Nacht bin ich wieder bei dir. Und ab da gehöre ich ganz dir als dein höchstpersönlicher Sportpsychologe. Ich erkläre dir jede einzelne Hecke und wir werden mit dem Chef Videos durcharbeiten. Ich werde dich so positiv einstimmen, dass du es kaum erwarten kannst, bis das Startband hochfliegt.«

»Rory …« Mir liefen die Augen über.

»Sorry, Süße, muss jetzt aufhören. Da kommen die Pferde. Bis heute Nacht dann.« Die Verbindung brach ab.

Ich schloss die Augen.

Ich hatte ihm kein Wort von Melody Phipps gesagt und was sie durchgemacht hatte. Ich hatte ihm nicht erzählt, dass ich die ganze Nacht wach gelegen war, mich hin und her gewälzt hatte und dass Selbstzweifel mich wie ein Virus durchdrangen und alle starken Seiten meiner reiterischen Fähigkeiten überschatteten. Ich hatte ihm nicht gesagt, dass ich dachte, ich könne es nicht durchziehen …

Um halb neun rief mich der Chef ins Büro. Formbücher lagen kreuz und quer auf dem Schreibtisch und ein kalt gewordenes Eiersandwich wartete auf dem Kaffeetischchen auf mich.

»Iss das«, ordnete er an. »Brian Johnson hat sich das Schlüsselbein gebrochen und kann das Verkaufsrennen in Nottingham für Eddy Newton nicht reiten.«

Bei einem Verkaufsrennen werden die Pferde nach dem Rennen an den jeweils Höchstbietenden verkauft.

Ich wartete verwundert, wo das hinführte, biss in das harte Eigelb und bemühte mich Chelsea zu ignorieren, die zu meinen Füßen geiferte und drohende Laute von sich gab.

»Ich hab ihm zugesagt, dass du einspringst.«

»Was?« Panik durchfuhr mich. »Ich kann nicht«, lehnte ich rundweg ab.

»Du kannst wohl! Es ist genau das, was du brauchst, damit du auf andere Gedanken kommst. Und es wird dich für Samstag scharf machen.«

»Wie bitte? Reporter, die mich mit ihren Mikros umlagern und mich als ›Amazone mit Herz‹ betiteln, ist genau, was ich brauche?«

»Du bist Profi, Justina, und das gehört nun mal zum Spiel. Falls dir das hilft«, fügte er steif hinzu, »Dougie Barnes ist nicht mal in der Nähe des Rennens.«

Dies war die perfekte Gelegenheit, von Melody Phipps zu reden und von meiner steigenden Angst, aber stattdessen verstrichen die Sekunden und ich fummelte nur nach einem Stückchen Eierschale in meinem Sandwich.

»Noch irgendwelche Anweisungen, wie ich reiten soll?«, fragte ich resigniert auf dem Weg zur Tür.

»Nur eine. Fall nicht runter.«

Das Rennen fand in Southwell auf einer Allwetterbahn statt. Trainer Eddy Newton hatte einen Fahrer und ein Auto für mich organisiert. Wäre ich etwas weniger gestresst gewesen, hätte ich die VIP-Behandlung durchaus genossen.

»Na dann, soll ich ein bisschen Geld auf euch setzen?« Der Fahrer grinste mich an, als ich den Rennsattel vom Rücksitz nahm. Wir standen vor dem Haupteingang und ich hielt Ausschau nach Wegweisern zur Waage.

»Ich muss da ebenso raten wie Sie«, grinste ich zurück, obwohl ich wusste, dass er enttäuscht sein würde, wenn er keinen Tipp bekam. »Ich habe das Pferd noch nie gesehen.«

»Egal, es heißt, dass sich alle Gäule in Sie verlieben, und die Jungens übrigens auch. Ich setze jedenfalls auf Sie.«

Es war ein düsterer Nachmittag und die Dunkelheit lauerte schon in den Büschen. Ich trieb den für mein Pferd, Doogle Don, zuständigen Stallburschen auf und holte die Rennfarben ab, Orange mit einem schwarzen Kringel. Doogle Don war ein vom Leben angeödeter Fuchswallach, der aber auflebte, als ich ihm die Ohren massierte und in die Nüstern blies. Das mache ich immer bei einem neuen Pferd, dadurch entsteht ein Band zwischen uns.

»Normalerweise beißt er jeden, der ihm zu nahe kommt.« Der Stallbursche schaute verblüfft drein und kratzte sich die strubbeligen Haare. Da rührte sich etwas tief in mir. Ich hatte diese Gabe – ich spürte sie in den Fingerspitzen. Eine unheimliche Fähigkeit, in Pferdeköpfe einzudringen und ihre Nöte zu lindern, sodass sie ihr Bestes für mich gaben. Auch andere Leute hatten das erkannt, zum Beispiel der Chef. Deswegen hatte er mir trotz meiner Jugend den Job gegeben. Ich hatte mir meinen Platz hier auf der Rennbahn durch Talent und verbissene Entschlossenheit verdient. Der Selbstzweifel und die negativen Gedanken fielen wie ein Mantel von mir ab. Dougie Barnes würde mich nicht von der Zielgeraden zum Ruhm abbringen! Samstag war mein großer Tag. Murphys Chance. Das ganze Land spekulierte wegen des großen roten Pferdes, das niemand gewollt, und wegen seiner Reiterin, die sein Talent entdeckt und die Anstellung ihres Lebens riskiert hatte um ihn zu erwerben. Ich bebte vor Energie, als hätte mich ein plötzlicher Adrenalinstoß zurück ins Leben katapultiert. Wir konnten es schaffen! Wir konnten am Samstag siegen, allen zum Trotz.

Ich ging auf die Waage zu und alle Nerven in mir vibrierten. Ich konnte es kaum erwarten, auf die Bahn hinauszukommen und den berauschenden Kitzel der Zielgeraden zu erleben.

»Sorry, Schätzchen, dein Umkleideraum ist dort drüben, frisch renoviert. Gibt sogar 'ne Spezialdusche für Damen.« Der Rennbahnhelfer zwinkerte und grinste breit. »Genau gesagt gehört dir das alles heute ganz allein, gibt keine anderen Mädels in dem Rennen.«

»Damenduschen? Wie bescheuert!«, schoss ich zurück. »Ich bevorzuge die normalen.«

Er glotzte unsicher, ob ich Witze machte, und ich sah die Schlagzeilen vom nächsten Morgen vor mir: *»Justina juxt mit Jockeys in der Männerdusche.«* Der Chef würde überschnappen, von Rory ganz zu schweigen. Ich warf einen Blick auf die Uhr. Jockeys mussten mindestens fünfzehn Minuten vor Rennbeginn fertig eingewogen sein, sonst setzte es eine saftige Konventionalstrafe. Ich hatte noch genug Zeit. Ich entschloss mich mit Schutzbrille zu reiten, damit ich keinen Schlamm in die Augen bekam. Ein dicker Regentropfen kroch mir in den Kragen, als ich die Hand nach der Tür zur Umkleidekabine ausstreckte.

An viel mehr erinnere ich mich nicht. Ich bekam von hinten einen Stoß und fiel durch die halb offene Tür. Trotz des Wissens, wie man sich schützend zu einem engen Ball zusammenrollt, knallte ich mit dem Kopf gegen eine Holztruhe und sah Sterne. Sekunden später verlor ich das Bewusstsein. Das Einzige, was ich noch mit Sicherheit erkannte, war die Stimme – eindeutig und eine magenzerfetzende Angst auslösend – Dougie Barnes.

Als ich kurz danach wieder zu mir kam, spürte ich seinen stahlharten Unterarm auf der Luftröhre.

»Beweg dich!« Er zwang mich quer durch den Raum auf einen Stuhl. Blut lief mir durch die Haare und mein Verstand schlug die albernsten Haken auf der Suche nach einer adäquaten Reaktion. Ich kicherte hilflos und wusste, dass ich auf der Kippe stand und mich jederzeit genauso gut in Tränen auflösen konnte.

Das Gekicher reizte ihn noch mehr. Mit doppelter Rohheit riss er mir beide Arme hinter den Stuhl und band die Hände zusammen. Meine Handballen brannten vor Schmerz und der Strick schnitt unbarmherzig in das weiche Fleisch an der Innenseite der Handgelenke.

»Je mehr du daran zerrst, desto enger zieht er sich zusammen.« Er machte noch einen dritten Knoten und trat dann um den Stuhl herum in mein Gesichtsfeld. Winzige Schweißtropfen standen ihm auf der Stirn und an seinem fleischigen Nacken traten die Venen hervor. »Hier findet dich keiner mehr vor dem

Rennen. Vielleicht komm ich danach wieder her und mach dich los. Vielleicht vergess ich es aber auch einfach und lass die Tür verschlossen. Hier kommt keiner schauen. Wer soll auch denken, dass du nicht schon vor Ewigkeiten abgereist bist, vor allem, wenn ich dem Steward erzähle, dass ich dich kurz vor Rennbeginn zur Jockey-Bar hab laufen sehen. Alle werden denken, dass du die Nerven verloren hast. Du wirst 'ne Anzeige kriegen. Vielleicht suspendieren sie dich sogar. Falls ich also nicht wiederkomme und du die Nacht hier verbringst, kannst du dir die Zeit mit ein paar hübschen Vorstellungen vertreiben – zum Beispiel wie du das National verpasst und wie du den Rappen als Sieger über die Ziellinie schlendern siehst.«

»Das funktioniert niemals!«, spuckte ich aus.

»Ach, das hat jetzt schon funktioniert.« Er schaute übertrieben auf seine Uhr. »Noch zehn Minuten um dich einzuwiegen. Keine guten Gewinnchancen, wenn ich so sagen darf. Jetzt noch eine Kleinigkeit.« Er griff in die Tasche und zog ein Stück Klebeband hervor, das er mir über den Mund drückte. »Ich bin sicher, du überlegst dir das vernünftigste Verhalten für Samstag. Falls es nämlich ein nächstes Mal gibt, werde ich bestimmt nicht mehr so zärtlich zu dir sein.« Er drehte das Licht aus, zog die Tür hinter sich zu und schloss ab.

Ich blieb in der Dunkelheit zurück. Ich überlegte, ob ich den Stuhl umwerfen sollte, aber niemand war nahe genug, um den Krach zu hören, und dann musste ich womöglich stundenlang am Boden liegen. Mein ganzer Körper schmerzte, doch am meisten der Kopf. Er schien nicht mehr zu bluten, pochte aber unbarmherzig. Hysterie stieg in Wellen wie Galle in mir hoch. Ich konnte an nichts anderes denken als daran, wie Dougie Barnes jetzt da draußen meinen Ruf ruinierte und meinen Charakter verleumdete. Was, wenn sie an mir ein Exempel statuierten und mir eine Suspension anhängten? Was, wenn ich den Samstag verpasste? Ich versuchte mich aufzurichten, aber der Stuhl war zu schwer und der Strick schnitt noch tiefer ein. Keine Chance, mich zu befreien. Dougie hatte diesmal wirklich saubere Arbeit geleistet. Er lachte sich wahrscheinlich tot über seinen gelungenen Streich. Ich verlor den Mut.

Trockene Schluchzer schüttelten mich, als ich Fußtritte an der Tür hörte. Da war jemand. Eine Sekunde lang fürchtete ich, Barnes käme zurück. Am liebsten wollte ich sterben.

Dann rüttelte jemand an der Tür und Rory rief: »Justina, bist du da drin?«

Jetzt warf ich den Stuhl um. Ich schürfte mir dabei das Gesicht auf, aber das war mir egal, ich spürte es nicht mal. Ich hörte, wie er sich mit der Schulter gegen die Tür warf, hörte das Holz splittern und dann beugte er sich mit ungläubigem Blick über mich und griff in die Tasche nach dem Miniaturtaschenmesser an seinem Schlüsselbund, das ich ihm zu Weihnachten geschenkt hatte. Die Anspannung floss aus mir heraus und Tränen suchten sich den Weg an meiner

Nase entlang. Als Rory vorsichtig das Klebeband abzog und dabei jedes Mal zuckte, wenn er dachte, er tue mir weh, konnte ich einen Klagelaut nicht zurückhalten. Der Strick fiel herunter und ich warf ihm die Arme um den Hals vor einer fast überwältigenden Verzweiflung.

»Ist ja gut, nur ruhig, jetzt ist alles wieder gut.« Er drückte mich, so fest er konnte. Der Schock, mich so zu finden, stand ihm ins Gesicht geschrieben. Er sah völlig erschüttert aus und unsäglich wütend. Es dauerte eine Weile, bis einer von uns sprechen konnte.

»War das Barnes?«, fragte er sanft, als ich schließlich aufhörte zu zittern.

Ich nickte. »Woher wusstest du?«

»Ben Le Sueur rief mich an, kurz nachdem wir telefoniert hatten. Er wusste von Eddy Newton, dass du reitest, und sorgte sich wegen Barnes. Er beschrieb mir im Wesentlichen, was vor sich ging, also wendete ich mein Auto und fuhr direkt wieder nach Norden. Um Himmels willen, Justina, warum hast du mir nichts gesagt?« Er fuhr mir sanft durch die Haare und ich wimmerte, als er mit den Fingern die Wunde berührte. »Was hat dir dieses Schwein angetan?«

»Nichts. Ist schon okay. Ich bin hingefallen. Ist nicht so schlimm.« Plötzlich kamen mir Zeit und Ort wieder zu Bewusstsein. »Wo ist mein Helm?«, keuchte ich und schwankte leicht bei dem Versuch, aufzustehen. »Ich muss doch reiten! Ich muss in die Waage.«

Entgeisterung malte sich auf Rorys Gesicht. »Machst du Scherze?«

»Glaub es oder nicht, lieber sterbe ich, als Dougie Barnes zu erlauben, dass er mein Leben ruiniert.« Ich griff nach den Reithosen und dem Renndress und zerrte an meiner Kleidung. »Steh doch nicht so rum, hilf mir!« Ich stand plötzlich voll unter Adrenalin.

Rory zog mir unbeholfen die Reithosen über die Waden. »Ich sollte das nicht tun …«

»Rory, das ist nicht der richtige Zeitpunkt, um den Gentleman zu spielen. Wie lange hab ich noch?«

»Du bist dreißig Sekunden drüber. Lass mich dir wenigstens den Kopf säubern.«

»Keine Zeit. Das sieht sowieso keiner unter dem Helm. Ich muss los.«

»Ich darf das nicht erlauben. Wenn du eine Gehirnerschütterung hast, du bist schließlich gerade …«

»Rory, ich reite.« Ich gab ihm einen Kuss auf die Backe und trat in die kalte Luft hinaus. Meine Beine schienen aus Zuckerwatte zu bestehen statt aus Muskeln und Sehnen.

Irgendwie und ohne mir dessen ganz bewusst zu sein, steuerte ich Doogle Don zum Sieg. Die Genugtuung, wenn ich mir Dougie Barnes' Gesicht vorstellte, war unbezahlbar, aber genauso bewusst war mir, dass ich einen Narren aus ihm gemacht hatte und er das nicht verzeihen würde. Jetzt war ich noch mehr in Gefahr.

Rory wich keine Sekunde von meiner Seite. Nach

der Preisverleihung legte er mir einen Arm fest um die Hüfte und führte mich zum Auto, wo Poppy auf den Rücksitz gequetscht dasaß und den Kopf aus dem Fenster hängen ließ. Es war gut, dass Rory mich stützte, denn meine Beine fühlten sich nicht mehr sicher genug an um mich zu tragen. Ich wollte nur noch ins Gras sinken und schlafen. Ein tennisballgroßer Klumpen saß mir in der Kehle. Ich zauste Poppy die Ohren und erlaubte ihr, mir eine schaufelgroße Pfote auf die Schulter zu legen und mich hinter dem rechten Ohr abzuschlecken. »Als hättest du die hundertundein Dalmatiner im Auto.« Ich hätte schwören können, dass sie seit dem letzten Mal noch größer geworden war.

»Ich bringe dich jetzt heim und dann rufe ich den Arzt. Du brauchst jede Menge Ruhe, und wenn ich mir dich genau anschaue, auch ein anständiges Essen. Und anschließend denken wir darüber nach, die Polizei zu verständigen. Mal sehen, was der Chef dazu sagt.«

»Nein!«, quietschte ich entsetzt. »Rory, versprich es mir, nein! Ich kann nicht riskieren, nicht zu reiten.«

»Schau dich bitte mal an!« Rory drehte den Rückspiegel und ich musste zugeben, dass das fahle, erschöpfte Gesicht darin meines war.

»Das ist mir egal. Wir dürfen es niemandem sagen. Ich muss am Samstag am Start stehen. Ich darf Murphy nicht im Stich lassen.«

»Und du glaubst wohl, ein Pferd weiß, ob ihm ein großes Rennen bevorsteht oder nicht? Alles, was ihn interessiert, ist, ob er Hafer kriegt und ob sein Heunetz voll ist.«

»Das stimmt nicht. Murphy ist anders. Er versteht alles. Er will sich so sehr beweisen wie ich. Er will dieses Rennen gewinnen.«

»Gott, gib mir Kraft!« Rory lachte schwach. »Schau dir nur diese Handgelenke an.« Er drehte vorsichtig meine Hände hin und her, sodass die brutalen Blutergüsse sichtbar wurden, die dort unter der Haut wuchsen. »Sollte der Mensch, der dafür verantwortlich ist, etwa straflos davonkommen?«

»Natürlich nicht.« Ich entzog ihm die Hände. »Aber jetzt ist nicht der richtige Zeitpunkt, um einen Aufruhr zu starten. Außerdem hab ich noch etwas anderes zu tun.«

»Klär mich auf.« Er zog fragend eine Braue hoch.

Ich fischte in dem Beutel mit Wechselklamotten nach dem Stückchen Papier mit den Informationen, die ich aus Badger herausbekommen hatte. Eine Adresse von Melody Phipps. Ivydown Stables in Southport.

»Es dauert ein Weile, das alles zu erklären, also fährst du vielleicht besser einfach los ...« Ich hüstelte nervös und suchte nach den richtigen Worten. »Es ist nämlich so ... also ... genau genommen muss ich nach Southport. Es wäre alles viel einfacher, wenn du mitkommen würdest. Ich glaube, dort drüben geht es zur Autobahn ... Vielleicht solltest du jetzt den Blinker setzen ...«

7

Letztendlich fuhren wir erst am darauf folgenden Morgen los. Rory brachte mich heim, verstaute mich in eine Decke gewickelt auf dem Sofa und fütterte mich mit Hühnerbrühe, gefolgt von warmem Pitabrot mit Marmelade. Poppy legte ihren Riesenschädel in meine Ellenbeuge und beobachtete mich mit besorgten Augen. Ich war erschrocken, wie erschöpft ich mich fühlte. Ich konnte kaum einen Arm heben, ohne mich nach einem Kran als Unterstützung zu sehnen. Rory verabreichte mir schweigend Aspirin und säuberte meine Kopfwunde mit Rossbandagen, weil uns die Watte ausgegangen war. Zum Glück war Mandy auf einem Weiberabend und wir mussten ihr keine Erklärungen geben.

Wir schauten die Vorschau zum Grand National, die immer am Mittwochabend vor dem Rennen lief. Zuerst wurden zwei andere Pferde und der Vorjahressieger präsentiert. Mark interviewte die Jockeys und die Trainer. Dann kam ein Beitrag über den Rappen, der eine Allwetterbahn entlangfegte und über eine enorme Birkenhecke sprang. Mein Magen verknotete sich und ich lehnte mich vor, die Augen auf den Bildschirm geheftet.

»Bleib doch sitzen!«, kreischte ich Rory an, als er sich aus der Küche ein Bier holen ging und das Bild verschwand. Wenn man nicht absolut mäuschenstill saß, während der Fernseher lief, löste sich sofort das

Bild auf. Dougie Barnes erschien auf dem Bildschirm, ganz blasierte Selbstsicherheit, und in mir gingen die Lichter aus. Es war schon schwer genug, das Grand National zu reiten, ohne es mit einem Halsabschneider wie ihm aufnehmen zu müssen – wie sollte ich die Nerven behalten, wenn er mir solche Angst einjagte?

Der Rappe drehte sich um sich selbst und kam dann am losen Zügel auf die Kamera zu.

Ich musterte ihn gebannt. Wie ein Pferd geht, gibt meistens Aufschluss darüber, wie es galoppiert. Der Rappe machte lange, geschmeidige Schritte und man spürte dahinter ein Kraftwerk. Er war zugegebenermaßen ein echter Athlet.

»Das ist ja ein Hengst«, sagte Rory überrascht. »Der will die Hecken mit Sicherheit nicht berühren, so viel ist klar.«

Ich sah ihn fragend an.

»Benutz deine Fantasie.« Er zog die Brauen hoch.

Als Nächstes kam Murphy ins Bild, wie er über den nachgebauten Canal Turn flog und galoppierte, als ob ihm die Hufe brannten. Ich wand mich, als ich mich reiten sah, wurde dann aber völlig von dem Gezeigten gefangen genommen. Die ekstatische Energie, die Entschlossenheit und die Partnerschaftlichkeit waren von der ersten Einstellung an sichtbar. Der Chef wurde gezeigt, wie er mit der sich windenden Chelsea unterm Arm über den Turf lief und Anweisungen bellte, wie er jedes Mal eine noch bessere Leistung forderte. Es war ein packender

Film. Sogar Rory saß absolut bewegungslos, wie gebannt von dem fliegenden Pferd und dem jungen Mädchen, die gemeinsam darum kämpften, eines der schwierigsten Hindernisse des Grand National perfekt zu springen.

Anschließend saß ich schweigend da, ließ die Magie in mir nachklingen und plante im Geist die vor uns liegenden Tage.

»Bist du okay für heute Nacht?« Rory musterte mich besorgt; die dunklen Augen mit den dichten schwarzen Wimpern, in die ich mich als Erstes verliebt hatte, waren voller Zärtlichkeit. »Bist du dir hundertprozentig sicher, dass du diese Melody Phipps sehen musst, statt nur mit ihr zu telefonieren? Vielleicht ist es Zeitverschwendung, die Fahrt, meine ich. Womöglich will sie die alten Erinnerungen nicht wachrufen, nicht, wenn sie im Rollstuhl sitzt.«

»Ich muss sie sehen«, antwortete ich in sorgfältig abgewogenem Tonfall. Ich konnte nicht erklären warum. Es ging nicht nur darum, sie zu einer Aussage gegen Barnes zu ermutigen. Es hatte mit Kameradschaft zu tun und damit, dass wir auf derselben Seite standen. Sie wusste, wie ich mich fühlte – sie war dort gewesen. Sie konnte mir wertvolleren Rat für Samstag geben als jeder andere. Und ich hoffte, ihr auch etwas geben zu können, selbst wenn es nur Inspiration und Ansporn war.

Rory verharrte in einem zarten Kuss. »Ich will dich nie wieder so verletzt sehen.«

»Wirst du nicht«, grinste ich. »Von nun an nur noch die allgemeinen Umkleideräume oder gar keine. Ich hab die Jungs echt vermisst, sogar ihre blöden Scherze. Gute Nacht, Sir Lancelot, und schlaf gut.« Ich gab ihm ein Küsschen und umarmte ihn dann heftig. »Danke«, flüsterte ich und meinte es ganz und gar ernst. »Bis morgen Früh dann.«

Am nächsten Morgen um halb sechs, bevor irgendjemand auf war, fuhren wir sachte die Auffahrt entlang.

»Ist dir klar, wie der Chef toben wird, wenn er erfährt, dass seine beiden Stalljockeys getürmt sind?« Rory drehte am Lenkrad und reichte mir den Straßenatlas.

»Er hat keine Ahnung von Barnes' Drohungen seit dem Sturz auf der Bahn. Er wäre sehr verletzt, wenn er erführe, dass ich mich nicht an ihn gewandt habe.«

»Dafür mache ich dir bestimmt keine Vorwürfe. Genauso gut könnte man einem menschenfressenden Krokodil mit nichts als einem weißen Taschentuch als Schutz entgegentreten.«

»So schlimm ist er auch wieder nicht«, lachte ich. »Ich will nur nicht, dass er mich aus dem Rennen zurückzieht. Egal, was alle denken, er sorgt sich wirklich und würde mich lieber nicht rennen lassen als zu riskieren, dass ich verletzt werde.«

Drei Toilettenstopps und einen Tankstopp später erreichten wir Lancashire. Und waren immer noch meilenweit von Southport entfernt.

»Dass Liverpool so weit weg ist, war mir gar nicht klar.« Ich bemühte mich, mir das Unbehagen nicht anmerken zu lassen, indem ich extra laut an einem Zitronenlolli saugte. Rory war an lange Autofahrten gewohnt und schien guter Dinge. Zum Glück, denn ich hatte ihm nicht gebeichtet, dass ich Melody nicht Bescheid gesagt oder auch nur geprüft hatte, ob die Adresse noch stimmte.

»Wurde in Southport nicht Red Rum trainiert?«, brach Rory das Schweigen.

Ich konnte nicht glauben, dass er überhaupt fragte. Die ganze Welt wusste doch, dass Red Rum auf dem Strand von Southport trainiert worden war und dass das Meerwasser seine Verletzung geheilt hatte und ihn zu dem Superpferd hatte werden lassen, mit ein wenig Unterstützung von seinem Trainer Ginger McCain.

»Tut mir Leid, wenn ich unpassende Bemerkungen mache, aber ich bin nun mal kein wandelndes Lexikon, was dein Rummy-Phänomen angeht«, erwiderte er gutmütig, als ich mich wieder beruhigt hatte.

»Legende, nicht Phänomen«, korrigierte ich und bekam glasige Augen, wenn ich auch nur an meinen Helden dachte.

»Falls du mich hier raufgeschleppt hast, nur um den Ort zu bewundern, wo er im Sand gebuddelt und hingeäpfelt hat, schneid ich dir die Ohren ab und versohl dir den Arsch!«

»Und ich werde dir schon noch beibringen etwas

Respekt zu zeigen«, schnaufte ich und lachte. Ich hatte einen Großteil unserer Beziehung damit verbracht, über Murphy, Red Rum oder Desert Orchid zu reden. Rory kannte mittlerweile wahrscheinlich sogar ihre Blutgruppen und ihren Hufabdruck. Ich bot ihm einen Zitronenlolli auf der flachen Hand an, wie man einem Pferd ein Stück Zucker reicht.

»Ich nehm's als Entschuldigung«, grinste er.

»Hier, hier rein, abbiegen! Bieg ab!«

Ivydown Stables war ein großes, von Zedern umgebenes viktorianisches Anwesen. Von der Auffahrt aus sah man keine Stallungen.

Jetzt, wo wir da waren, blieb ich nervös an der Autotür stehen und hoffte, dass Rory vorging. Jeder Schritt hallte in der stillen, kalten Luft. Der Ort kam mir verlassen vor. Bei der Vorstellung, dass niemand da sei, hätte ich am liebsten laut gestöhnt. Rory sah aus, als wolle er sich aufregen, und klimperte mit den Autoschlüsseln. Beide waren wir angespannt.

»Kann ich euch helfen?« Eine Stimme drang durch eine Lücke in der Hecke.

Ich zuckte zusammen und drehte mich zu einer Frau um, die sich in einem Rollstuhl sitzend über die Wiese und eine speziell konstruierte Rampe hinaufmanövrierte. Ich nahm das zu einem Pferdeschwanz zurückgebundene blonde Haar und das zart geschnittene, hübsche Gesicht in mich auf. Die volle Wucht dessen, was Dougie Barnes ihr angetan hatte, traf mich wie ein Stahlträger quer über die Rippen, und ich hatte Schwierigkeiten, wieder Luft zu kriegen. Als sie näher gerollt war, strahlte Erkennen in ihrem Gesicht auf. Sie hatte sicherlich die Vorschau von letzter Nacht gesehen und konnte nicht glauben, dass ich leibhaftig vor ihr stand. Sie streckte mir eine Hand entgegen und ihr Mund verzog sich zu einem unsicheren Lächeln. »Justina Brooks und Rory Calligan«, murmelte ich verlegen, dass ich erkannt worden war. Ich und dann auch Rory schüttelten ihr die Hand.

Sie zögerte einen Moment wie betäubt, bevor sie uns ins Haus bat. Dort bezauberte mich sofort ein winziges Shetlandpony, das in der Küche stand und einen Apfel von der Fußmatte fraß.

»Kümmert euch nicht um Chutney. Es ist anstrengender, ihn draußen zu halten als ihn reinzulassen. Er schaut gerne fern, am liebsten ›Friends‹ und ›Coronation Street‹.« Sie kraulte ihm liebevoll den scheckigen Kopf und dann warfen sich zwei Siamkatzen und ein Rudel Hunde durch die gegenüberliegende Tür, gefolgt von einer Frau, die Melody wie aus dem Gesicht geschnitten war.

»Mum, du errätst nie, wer hier ist!« Melody war augenscheinlich freudig erregt, aber in ihrer Stimme lag auch unüberhörbare Nervosität.

Mrs Phipps war es ganz offensichtlich gewohnt, das Ruder in die Hand zu nehmen, und hatte in null Komma nichts den Wasserkessel auf dem Herd und ein Sortiment selbst gebackener Kuchen und Plätzchen auf dem Tisch. »Schiebt Chutney einfach zur Seite. Hunde – Platz, sofort!« Zwei Terrier und drei Spaniel verschwanden etwa ein halbe Minute lang unter dem Tisch.

Ich ertappte Melody, wie sie Rory bewunderte, und wurde von Stolz erfüllt.

»Ich habe die Berichte über Murphy im Fernsehen verfolgt. Er besitzt eine fantastische Sprungkraft. Es ist unglaublich, was ihr erreicht habt. Ich bin sicher, jedes pferdenärrische Mädchen im ganzen Land beneidet dich.«

Ich wand mich vor Verlegenheit und dachte daran, dass Barnes ihr alle diese Träume entrissen und sie in einen Rollstuhl verbannt hatte. Ich fing Rorys Blick auf. Beide wussten wir, dass das der perfekte Augenblick war. Vorsichtig stellte ich die Tasse ab. »Ich bin hergekommen, weil ich deine Hilfe brauche. Es ist wegen Dougie Barnes …«

Der Name sandte einen Frosthauch durch den Raum. Mrs Phipps hörte auf in der Spüle mit dem Geschirr zu klappern. Melody saß still wie eine Statue, nur ein Schlucken zeigte, dass sie mich gehört hatte.

»Es tut mir Leid, ich hätte nicht herkommen dürfen, ich wollte euch wirklich nicht aus der Fassung bringen.« Ich erhob mich halb, mit einem schrecklichen Gefühl. Sie hatte schon genug durchgemacht. Ganz offensichtlich wollte sie über das Thema nicht sprechen. »Bitte, verzeiht mir.«

»Nein, setz dich.« Mrs Phipps deutete auf den

Stuhl. »Ich habe Melody schon tausend Mal gesagt, dass sie in ihrem Leben nicht weiterkommt, wenn sie der Vergangenheit nicht ins Gesicht sieht. Es hilft nichts, sie zu begraben und zu glauben, damit wäre der Fall erledigt. Wir müssen jeden Tag mit den Folgen leben.«

Ich blickte rasch zu Melody. Sie war rot geworden.

»Ich hätte nie geglaubt, dass er wieder mit dem Reiten anfängt«, sagte sie leise. »Acht Jahre lang lebten wir ohne den Namen auch nur einmal auszusprechen. Jetzt taucht er auf wie ein Fluch, jedes Mal wenn wir den Fernseher anstellen.«

Mrs Phipps ging zu ihrer Tochter und legte ihr die Hand auf die Schulter. »Wir haben uns schon gefragt, ob er dich auch belästigt oder ob er eine neue Seite in seinem Leben aufgeschlagen hat.«

»Er jagt mir tödliche Angst ein«, sagte ich wahrheitsgetreu. »Ich habe Panik, dass er am Samstag irgendwas probiert, aber wenn ich deswegen zum *Jockey-Klub* gehe, werden sie denken, dass ich nur versuche einen Konkurrenten aus dem Weg zu schaffen. Ich habe keinerlei Beweise und keiner der anderen Jockeys wird für mich eintreten. Ich hoffte, Melody könnte ihre Geschichte erzählen um meiner Glaubwürdigkeit zu verleihen.«

»Es tut mir Leid.« Melody schob ihren Stuhl vom Tisch zurück. »Ich kann nicht.« Ihr Gesicht legte sich in ängstliche Falten. »Wenn er das rauskriegt, wenn er mich wieder verfolgt …«

»Aber er ist gefährlich«, flehte ich sie an. »Du kannst ihn nicht damit durchkommen lassen. Und ich auch nicht.«

»Nein, damit musst du alleine fertig werden. Du bist stärker als ich und du bist nicht an diesen Apparat hier gefesselt.« Ihre Stimme war reine Bitterkeit.

»Hilf mir – und ich helfe dir«, versuchte ich es ein letztes Mal, aber sie schüttelte so heftig den Kopf, dass ihr eine Zopfspange wegflog.

Rory berührte mich am Arm.

»Es tut mir Leid.« Ich stand auf um zu gehen.

Mrs Phipps folgte uns an die Tür.

»Falls ich sie umstimmen kann ...« Sie verstummte. Ich konnte mir nur ausmalen, welchen Schmerz und welche Angst Dougie Barnes dieser Familie zugefügt hatte. »Viel Glück für Aintree, auch wenn Melody immer sagt, es hängt nicht vom Glück, sondern vom Jockey ab.«

»Ich werde mein Bestes geben.«

»Und was jetzt?« Rory startete den Motor. »Ein Sandwich am nächsten Rastplatz oder ein Spaziergang am Strand von Southport?«

Erschöpft und niedergeschlagen schloss ich kurz vor der Dämmerung die Hintertür auf. Ich wagte nicht, vorn herum über den Hof zu gehen, da Scooby oder Mandy sicher für mich hatten schwindeln müssen und ich dafür vielleicht im Wassertrog landete oder lebendig im Misthaufen begraben wurde.

Als ich in die Küche kam, spürte ich den Unterschied sogar schon, bevor ich das Licht andrehte. Beschwingter Zitronenduft unterlegt mit Möbelpolitur traf mit voller Wucht meine Nase. Rory griff an mir vorbei und knipste das Licht an. Die Küche glänzte. Kein schmutziger Topf weit und breit. Sogar ein neues Küchenhandtuch besaßen wir nun und auf dem Wasserhahn balancierte ein Paar gelber Gummihandschuhe. Auf dem Kühlschrank fand ich eine Nachricht:

Sag nicht, dass ich meine Versprechen
nicht halte. Aber euren Abfluss hab ich
zum ersten und zum letzten Mal gereinigt.

Der Anrufbeantworter blinkte und plötzlich schwante mir Übles. Ich drückte den Wiedergabeknopf und kniff die Augen zusammen.

»Justina, wie konntest du deinen Brüdern das antun? Sie haben sich so auf den Ausflug und auf das Wiedersehen mit dir gefreut. Es war ihr Geburtstag, sie sind fünf Jahre alt geworden. Ich bin von dir als Tochter unglaublich enttäuscht. Das also macht das Rennreiten aus dir! Was ist aus meinem selbstlosen, fürsorglichen Mädchen geworden? Ich kann nicht glauben, dass du deine Familie so behandelst.«

Sogar auf Band hörte ich die Verletztheit in ihrer Stimme. Vernichtet stellte ich ab. Die Geschenke, Luftballons und Partyknaller waren unter der Treppe verstaut. Wie hatte ich das vergessen können? Ich liebte meine Babybrüder mehr als alles andere auf der Welt.

»Nimm's nicht zu schwer, das kannst du schon

wieder gutmachen.« Rory schlang mir die Arme um die Schultern.

»Nein, kann ich nicht«, schluckte ich. »Es ist absolut unverzeihlich. Bin ich wirklich so mit mir beschäftigt, dass ich den Geburtstag meiner kleinen Brüder vergesse?«

Rory hatte keine Gelegenheit, zu antworten, da jemand heftig gegen die Tür polterte.

»Badger.« Rory griff nach der Türklinke.

»Entschuldigt mich, aber es gibt was Wichtiges.« Badger stand auf der winzigen Veranda und hielt die Mütze in der Hand. »Glaube, ihr beide solltet besser runter ins Krankenhaus fahren. Wegen dem Chef. Hatte einen Schlaganfall.«

8

»Er hat einen flüchtigen ischämischen Insult erlitten.« Die Krankenschwester sah Rory direkt an. »Haben Sie die Angehörigen schon verständigt?«

»Was soll das heißen?«, schrie ich fast, während mir die Selbstkontrolle immer mehr entglitt.

»Er hatte einen sehr leichten Infarkt und es gibt keinen Grund zur Panik. Es werden keine Schäden zurückbleiben.«

Der Raum fing an sich zu drehen und schwarze Punkte tanzten mir vor den Augen. Meine Großmutter war vor einigen Jahren an einem Herzinfarkt gestorben.

»Kann ich zu ihm?« Meine Stimme klang, als gehöre sie nicht zu mir, und mein Mund schien aus Pappmaschee zu bestehen.

Die Schwester führte uns mit flotten Schritten über einen Korridor in die entsprechende Abteilung. »Wir behalten ihn nur über Nacht zur Beobachtung hier. Morgen kann er nach Hause.«

»Aber wenn er noch einen hat?« Meine Stimme klang schrill.

»Diese Möglichkeit besteht natürlich immer, aber Mr Brown weiß bereits, dass er sein Leben völlig umstellen muss.«

»Aber er trainiert neunzig Rennpferde!«

Die Schwester schürzte die Lippen. Mehr musste dazu nicht gesagt werden. Und die Bedeutung des Geschehenen traf mich wie ein Vorschlaghammer. Der Chef krank! Es war unvorstellbar.

»Er liegt dort im dritten Bett.« Die Schwester verließ uns, um sich um einen anderen Patienten zu kümmern. Mir sprangen die Tränen in die Augen, als ich den Chef plötzlich klein und alt aussehend in einem Krankenhausbett sah.

»Gott verflucht, was glauben diese Leute eigentlich, was hier gespielt wird?« Er hieb knurrend auf das Speisetablett ein, das auf dem Bett balancierte, und verkleckerte Grütze mit Vanillesoße überallhin. »Rory, treib mir einen Arzt auf! Ich kann keine Minute länger hier vertun. Warum verstehen die bloß nicht, dass ich einen Betrieb zu führen habe?« Er klang nicht wie ein Mann, der verstanden hat, dass er sein Leben völlig umkrempeln muss.

»Weintrauben habe ich keine dabei«, sagte ich leise, »aber vielleicht freut Sie das hier.« Ich zog seine Formbücher und die »Racing Post« aus der Tasche. Ich hatte sie in seinem Büro eingesammelt, bevor wir ins Krankenhaus fuhren.

»Schon besser«, murrte er. »Du hast nicht zufällig auch an meine Pfeife und die Flasche Bordeaux aus meinem Büro gedacht?«

»Chef, Sie dürfen doch nicht ...«

Er bedachte mich mit einem Blick, der einem die Augenbrauen wegsengen konnte.

»Okay, okay, ich bringe sie später.«

»Wusstet ihr, dass sie einen das Handy hier nicht benutzen lassen?« Er schnaubte und zog sich eine mottenzerfressene rubinrote Samtjacke um die dünnen Schultern. »Wo steckt Rory? Er soll nach meinem Hemd und der Hose fragen. Die haben sie irgendwo versteckt.«

Aus dem Nachbarbett beobachtete ein älterer Mann, der sich eine Sauerstoffmaske gegen den Mund drückte, mit offensichtlicher Faszination den Chef. Ich musste mich abwenden um ein Lächeln zu verbergen. Der Chef klang, als befände er sich im Stall, nicht in einem Krankenzimmer. So krank konnte er nicht sein, wenn er schon wieder das Kommando führte.

Rory kam auf uns zu. An seinem Gang konnte ich

schlechte Neuigkeiten ablesen. Seine Körpersprache bescheinigte Widerwillen und Verlegenheit. »Die Schwester hat sich geirrt, als sie sagte, Sie wären nur noch zur Beobachtung hier. Man will scheinbar noch mehr Tests durchführen«, sagte er ausdruckslos. »Sie müssen heute Nacht hier bleiben und vielleicht auch morgen Nacht.«

Wir hielten beide den Atem an in der Erwartung, dass der Chef explodieren würde. Stattdessen ließ er sich auf das Kissen zurückfallen und schien aufzugeben. Der Kampfgeist, der ihm immer so klar von den harten, zerfurchten Gesichtszügen abzulesen war, verschwand zusehends. Fast ohne Übergang sah er wie alle anderen Patienten in der Abteilung aus – verletzlich und unsicher. Und ängstlich.

Ich schaute Rory scharf an und sah, dass er es auch bemerkte. Sogleich beschleunigte sich mein Herzschlag. Was, wenn er starb? Was, wenn er nicht zur Stelle war für meinen Sieg beim Grand National? Ohne ihn war ich nichts. Ich dachte an die vergangenen zwei Jahre und wie viel der Chef für mich getan hatte. Ohne seinen Glauben an mich und seine Unterstützung wäre ich nie Jockey geworden. Ich konnte mir eine Welt ohne ihn nicht vorstellen. Er war die Kraft, die mich bei Verstand hielt, mir half, mich leitete und an mich glaubte.

»Noch bin ich nicht erledigt.« Der Chef öffnete ein Auge, als hätte er meine Gedanken gelesen. »Rory, zieh den Vorhang um das Bett zu, damit ich ein privates Wort mit euch beiden sprechen kann.«

Rory tat verlegen wie geheißen, während die anderen Patienten uns interessiert beobachteten. Ich zog meinen Stuhl näher ans Bett. Rory schaute nervös wie ein Kind, das auf Schelte wartet. Der Chef stemmte sich aus den Kissen hoch und etwas Farbe kehrte in sein Gesicht zurück. Dann ließ er flüsternd die Bombe platzen. »Ich will, dass ihr Murphy von Dolphin Barn fortbringt. Er ist dort nicht sicher.«

Mir fiel die Kinnlade runter. »Was ist passiert, Chef? Ist das Ihr Ernst?«

»Ja. Badger schwört, er habe letzte Nacht jemanden zwischen den Ställen herumschnüffeln sehen. Könnte natürlich auch einer der Jungs gewesen sein oder sonst wer, aber als Badger ihn anrief, verschwand er. Während ich hier feststecke, kann ich Murphy nicht beschützen, aber verflucht will ich sein, wenn ich jemanden vor Samstag mein bestes Rennpferd verpfuschen lasse. Nicht, wenn es meine beste Gewinnchance ist seit Dolphin damals vor zwanzig Jahren.«

»Aber wo sollen wir hin?«, hauchte ich und bemühte mich das Gesagte zu verdauen.

»Rory wird schon was einfallen. Aber sagt keiner Menschenseele, wo ihr hingeht. Nicht mal Badger. Nehmt einfach den Transporter und verschwindet. Niemand darf wissen, wo ihr steckt. NIEMAND! Ist das klar?«

Ich nickte energisch. Der Gedanke, dass Murphy etwas passieren könnte, verursachte mir Übelkeit. Er war schon früher bedroht worden und hatte es überlebt. Noch einmal durfte ihm kein Leid zugefügt werden. Meine Gedanken sprangen zu Barnes. Wenn er mich nicht abschrecken konnte, war ihm zuzutrauen, dass er sich stattdessen an meinem Pferd vergriff. Möglich war es. Wenn es um das Grand National ging, war alles denkbar. Es war das höchst dotierte Pferderennen überhaupt und einige Leute machten für einen Sieg vor nichts Halt.

»Wir sehen uns am Morgen des Rennens an der Bahn«, sagte der Chef gerade. Ich sah, wie die Energien ihn verließen und sein abgespanntes Gesicht wieder blasser wurde. »Und vergesst nicht, dass Murphy vor dem Rennen die Lungen dehnen muss. Er braucht einen soliden Lauf um sich aufzuwärmen, also lasst ihn ordentlich arbeiten. Ruft nicht bei mir an. Jemand könnte das Telefon angezapft haben und den Anruf zurückverfolgen. Trotzdem müssen wir vor dem Rennen zusammen die Bahn abgehen. Es gibt noch so viel, was ich dir sagen muss.« Er brach ab und rang um Atem und da wurde mir bewusst, dass er sich schon lange krank gefühlt haben musste.

»Hauptsache, Sie sind dann da.« Ich drückte ihm die knorrige Hand. »Keine wilden Partys und durchgefeierten Nächte mehr.« Ich versuchte zu scherzen, durfte aber keine Miene verziehen. Wenn ich auch nur einen Muskel entspannte, würde ich sofort in Tränen ausbrechen.

»Los jetzt, raus mit euch!« Er schüttelte meine Hand ab und winkte uns fort.

Wir schlüpften durch den Vorhang und liefen an einem Essenswagen vorbei aus der Abteilung. »Verdammt, ich hoffe, der alte Bussard hält durch«, flüsterte Rory.

Da begriff ich, dass der Chef seine persönliche Schlacht mindestens so verbissen schlug wie die Schlacht um das Grand National. »Er hat noch nie ein Rennen verloren«, gab ich zurück. »Jedenfalls keines, auf das es ankam.«

»Justina, wach auf!« Rory war ins Cottage gekommen und rüttelte mich wach. Ich hatte gerade meinen Brüdern im Traum einen ganzen Spielzeugladen gekauft, den sie gar nicht wollten. Ich hatte noch keine Gelegenheit gehabt, sie anzurufen um zu erklären, was passiert war. »Justina, wir müssen los! Jetzt!« Rory zauste mir die Haare und ich setzte mich auf, nur halb wach, und kämpfte mich in ein Paar zerknüllte Jeans.

»Wie spät ist es?«

»Vier. Aber sprich leiser! Mandy darf nicht aufwachen.«

»Warum brechen wir so früh auf?« Ich stöberte nach Socken.

»Damit wir nicht Wagenladungen von Fragen beantworten müssen. Jetzt gib Gas! Ich warte draußen.«

»Wo fahren wir hin?«

»Sag ich dir nachher.«

Ich griff nach einer Tasche, die ich noch in der

Nacht gepackt hatte, und tastete mich die enge Treppe hinab. Im Hof stand schon der Transporter zur Abfahrt bereit. Es goss in Strömen. In Murphys Box brannte Licht und die Alarmbeleuchtung war angegangen. Es war beängstigend, dass nicht ein einziger der Stallburschen im Wohnheim aufgewacht war. Kein Wunder, dass der Chef sich Sorgen machte.

Badger stand in der Box und bandagierte Murphy den Schweif. Murphy wieherte aufgeregt, als er mich sah, und zerrte am Strick. »Das sollte reichen.« Badger ging um ihn herum und fuhr fachkundig mit der Hand unter die Deckenschichten. »Kontrolliert ihn regelmäßig während der Fahrt, egal, wohin ihr fahrt.« Der Vorwurf in seiner Stimme war unüberhörbar.

»Ich fahre hinten bei ihm mit.«

»In Ordnung, das ist dann alles. Ich will nicht behaupten, dass ich damit einverstanden bin, aber viel Glück für Samstag. Glaube, das wirst du brauchen.« Er verschwand im Stall.

Ich löste den Laufknoten, mit dem Murphy befestigt war, und führte ihn über das Kopfsteinpflaster hinaus zu Rory und dem wartenden Transporter. Ein Schauder der Erregung lief mir die Wirbelsäule entlang. Jetzt traten wir hinaus ins Unbekannte: Phase eins des vor uns liegenden Abenteuers. Murphy polterte eilig die Rampe hinauf um dem Regen zu entkommen. Wenn er Dolphin Barn das nächste Mal sah, würde er am Grand National teilgenommen haben und war vielleicht ein Champion, zu dessen Begrüßung der ganze Hof zusammenlief.

Ich sprang flink in den Aufenthaltsraum des Transporters, von wo aus eine winzige Tür zu den Pferden führte. Von hier aus konnte ich auch leicht vor in die Kabine zu Rory gelangen. Im Seitenspiegel sah ich eine Hand voll Stallburschen aus dem Wohnheim quellen. Zu spät, Jungs, jetzt müsst ihr euch alles von Badger erzählen lassen.

»Es kommt mir vor wie eine Flucht!«, rief ich Rory zu, während wir aus der Auffahrt brausten. »Wo fahren wir hin?«

»Tja, erinnerst du dich an unsere kleine Unterhaltung über den Strand von Southport und welche Wirkung er auf Red Rum hatte? Sagen wir einfach, Murphy wird dieselben Dünen beschreiten.«

»Melody Phipps! Perfekt!«, rief ich und entspannte mich zum ersten Mal seit Wochen. Und es war perfekt. Ich hatte ein wirklich gutes Gefühl dabei.

»Wir müssen umkehren!«, schrie ich fünfzehn Kilometer später durch den Durchgang. Ein Gedanke hatte mich wie ein Bolzenschuss im Genick getroffen. »Wir haben Gertie vergessen. Er wird durchdrehen in seiner Box, du weißt doch, wie sehr er ihre Gesellschaft braucht.«

Ich hatte Murphy spottbillig auf einer Auktion erworben, weil er ein so genannter Boxenläufer war. In anderen Worten, er rannte damals ohne Unterlass in seiner Box im Kreis, war abgemagert und rieb sich selbst auf, und das alles, weil er es hasste, allein zu sein. Als wir Gertie bei ihm einquartierten, hörte es auf. Aber ich konnte nicht riskieren, dass er rückfällig wurde. Schon gar nicht so kurz vor dem größten Rennen seines Lebens. Schon gar nicht, wenn er die nächsten Tage in einem fremden Stall stehen musste.

»Vergiss es!«, rief Rory zurück. Wir fuhren soeben auf die Autobahnauffahrt. Ein nicht enden wollender Strom Autos schob sich an uns vorbei. »Wir müssen möglichst unauffällig bleiben. Was meinst du, wie verräterisch es ist, wenn wir eine Ziege mit uns herumschleppen? Genauso gut könnten wir Murphy ein Blinklicht auf den Kopf schnallen. Notfalls schlafe ich bei ihm. Lauter als manche von den Stallburschen, mit denen ich auf Rennen die Unterkunft teile, kann er auch nicht schnarchen.«

»Ich kann bei ihm schlafen«, bot ich an.

»Auf keinen Fall. Für dich heißt es früh ins Bett und viel guten Schlaf. Im Augenblick siehst du aus wie der Tod in Person.«

»Meine Güte, du weißt, wie man einer Frau Komplimente macht«, kicherte ich. Rory war sogar noch unwiderstehlicher, wenn er mich herumkommandierte. Ich stritt nicht mit ihm darüber. Die Wahrheit war, dass ich bis ins Mark hinein erschöpft war. Ich musste Kräfte sammeln.

Der Regen hatte aufgehört und die Sonne kämpfte sich durch die Wolken, als wir nach Ivydown Stables einbogen. Mrs Phipps und Melody standen nebeneinander auf dem Hof vor einer offenen Boxentür. Mrs Phipps hatte Rory gesagt, das sei das Mindeste, was sie unter den gegebenen Umständen für uns tun konnten. Als Murphy die Rampe hinuntertänzelte, ging eine merkliche Veränderung in Melody vor. Ihre Wangen bekamen eine gesunde Farbe und in den Augen erwachte ein Funke.

»Es ist das erste Mal seit ihrem Unfall, dass sie ein Rennpferd sieht«, flüsterte Mrs Phipps uns zu. »Das wird ihr mehr helfen als jeder Arzt oder Spezialist. Sie ist schon jetzt ganz verändert.«

Es schienen sonst keinerlei Menschen oder Pferde in der Nähe zu sein und mir schoss der Gedanke durch den Kopf, dass Ivydown nicht gerade ein blühender Betrieb war. Murphy bezog seine Box ohne jedes Anzeichen, dass er wieder Boxenlaufen wollte. Er freundete sich sofort mit Chutney an, dem Shetland-Pony, das als Kamerad ebenso gut zu taugen schien wie Gertie.

Ich konnte den Tanggeruch der Meerluft fast schmecken. Morgen würde Murphy die letzte Etappe intensiver Arbeit auf demselben Strand beginnen, auf dem schon Red Rum gerannt war.

»Lauf, lauf, lauf!« Ich schob die Hände an dem machtvollen Hals entlang nach vorn. Gischt hüllte uns ein und einige Minuten lang sah ich nichts mehr, schmeckte nur das Salz auf den Lippen und spürte, wie es mir in den Augenwinkeln brannte. Der Wind heulte über den Sand und trieb Murphy wie ein Geisterpferd vor sich her. Wir flogen am Rand des Wassers entlang, wo es nur eine Handbreit tief war. Rory hatte sich den Geländewagen der Phipps ausgeliehen. Er fuhr weiter oben auf dem harten Sand und gab das Tempo vor. Murphy jagte mit fast fünfzig Sachen dahin und forderte die Welt heraus sich mit ihm zu messen. Er liebte den Strand, die neue Landschaft, die Sonne und das Wasser unter seinen Hufen.

Über uns kreisten Seemöwen und flogen halsbrecherische Wendungen und Sturzflüge. Die Flut drängte herein und sog an Murphys Beinen. Aber nichts konnte uns aufhalten, beide taten wir, wozu wir geboren waren: rennen. Als Team, Pferd und Reiter zu einem Wesen verschmolzen. Der Moment hatte etwas Spirituelles, und wenn ich die Augen schloss und mich konzentrierte, sah ich neben uns einen Braunen, der Murphy antrieb, mit uns galoppierte und aus purer Lebensfreude buckelte. Ich war mir sicher, dass Red Rums Geist bei uns war, und diese Überzeugung würde ich nie aufgeben.

»Ho, Junge, hooo, ruhig jetzt.« Ich stemmte die Beine in die Bügel und nahm die Zügel an, um vor dem Ende des Strandes, dort, wo der weiche Sand in Schlamm und Felsen überging, zum Stehen zu kommen. Rory hielt das Auto an und rannte zu uns herüber. Der Wind blies jetzt in Böen und zerrte an Murphys Pferdedecke, mit der wir ihm die Muskeln warm hielten. Ich ritt im Kreis, ließ ihn sich beruhigen, wieder zu sich kommen. Dampf stieg ihm vom Rücken auf und am Hals trat jede einzelne Vene hervor, aber er war bereit sofort wieder loszusprinten, sollte ich die Finger um die Zügel etwas entspannen.

»Das war fantastisch.« Rory erreichte uns, offensichtlich beeindruckt. »Zeit, im Meer zu spielen.«

Murphy liebte es. Er schlug auf das Wasser ein, drehte sich um sich selbst, quiekte und hob sich auf die Hinterhand. Er planschte bis zum Bauch im eiskalten Meerwasser herum und zwickte mich in den Fuß, wenn ich wegen der Temperatur kreischte. Wir kamen beide tropfnass heraus, obwohl ich auf seinem Rücken gesessen war. Zum krönenden Abschluss ließen wir ihn oben auf den Dünen spielen und sich ohne Sattel im Sand wälzen.

»Das tut ihm unendlich gut«, bibberte ich und hüllte mich in Rorys Mantel.

»Dir ist schon klar, dass du den Rest des Morgens damit verbringen wirst, ihm den Sand aus dem Fell zu bürsten?«

»Mir egal. Das ist es wert, ihn so glücklich zu sehen.« Ich strahlte über meinen Superstar, der sich soeben zum vierten Mal hinlegte, um sich in dem goldenen Sand und Sonnenschein zu wälzen.

»Komm schon!« Rory legte den Arm um mich. »Wir gehen jetzt besser zurück zum Transporter. Wir dürfen nicht riskieren gesehen zu werden.«

»Der Chef ist mit Scooby und Badger auf dem Weg. Und scheinbar ist er knurriger denn je, auch wenn er behauptet, die Telefonnummer von einer der Krankenschwestern ergattert zu haben. Ach ja, und er hat mit deiner Mum und deinem Dad telefoniert und sie sind jetzt gerade auf dem Weg nach Aintree, mit deinen Brüdern.« Rory stand an die Boxentür gelehnt, das Handy in der Hand.

Erleichterung spülte Schuld und Sorge fort, die sich immer höher in mir aufgetürmt hatten. Langsam wickelte ich die Bandagen weit hinauf um Murphys Beine, von denen jedes einzelne wahrscheinlich den gleichen Wert wie das eines Nationalspielers hatte. Wir machten uns für Aintree bereit. Murphy spürte, dass etwas Besonderes bevorstand, und hüpfte von einem Huf auf den anderen. Eine unerwartete Panikwelle brach sich an meiner Magenwand. Nur noch dreiundzwanzig Stunden …

In den Morgennachrichten war die Rede davon gewesen, dass Murphy sich in einem Versteck befand, das angeblich gar nicht weit von Aintree entfernt lag. Wir wussten nicht, wie sie es herausgefunden hatten, aber es steigerte die Spannung noch. Drei junge Mädchen mit Murphy-T-Shirts und Fahne waren gezeigt worden und der Reporter sprach davon, wie Murphy's Law und seine junge Reiterin die Herzen der Nation erobert hatten. Mehr als achthunderttausend Menschen allein in Großbritannien würden morgen um Viertel vor vier gebannt vor den Fernsehern sitzen. Diese Art Fakten konnte ich blind heruntersagen.

Mrs Phipps schaute über die Boxentür, ganz offensichtlich traurig darüber, dass Murphy sie verließ.

»Wo ist Melody?«, fragte ich sie.

»Sie ist nach London zu einer Verabredung gefahren, ist aber morgen zum Rennen wieder da. Sie bat mich dir das hier zu geben.« Sie übergab mir ein kleines Etui, in dem auf einem roten Kissen eine wunderschöne Diamantspange lag.

»Sie ist für den *Stock*«, fuhr sie fort, »du sollst sie auf dem Rennen tragen.«

Es lag ein Brief dabei, den ich rasch entfaltete:

Liebe Justina,

mit deinem Mut und deiner Entschlossenheit bist du für mich und für unser ganzes Land eine Inspiration. Ich möchte, dass dir diese Spange für den Reitstock auf dem Rennen Glück bringt. Dein Beispiel hat mich ermutigt einen Aufzuchtbetrieb für Rennpferdfohlen und -jährlinge zu gründen. Und falls du dich wunderst, wohin ich heute gefahren bin – ich bin auf dem Weg zum Hauptbüro des Jockey-Klubs in Portman Square, um eine Strafanzeige gegen Dougie Barnes zu stellen. Ich nehme nicht an, dass das genügt, damit sie gegen ihn vorgehen, aber wenigstens wird es ihre Aufmerksamkeit auf seinen miesen Charakter lenken. Und wer weiß, vielleicht schreckt es ihn ja sogar von weiteren Angriffen ab. Geh bitte morgen da raus und zieh ihm die Hosen runter, okay? Wir sind alle bei dir, bei jedem einzelnen Galoppsprung auf der Bahn.

Du besitzt ein großartiges Pferd und eine fantastische Begabung. Ich bin sicher, dass ihr beide Geschichte macht.

Du kannst es, Justina!

Melody

Ich lächelte Mrs Phipps mit Augen voller Tränen an. Ich fand keine Worte um ihr oder Melody zu danken.

»Jetzt müssen wir aber wirklich los«, drängelte Rory und schaute nachdrücklich auf die Uhr. »Ich komme mir ein bisschen wie der Trauzeuge bei einer Hochzeit vor«, entschuldigte er sich bei Mrs Phipps.

»Dann los, ihr beiden!« Mrs Phipps wedelte mit den Armen, als scheuche sie Hühner vor sich her.

Wir starteten.

»Sagen Sie Melody, dass ich für sie gewinne!«, rief ich bei der Abfahrt aus dem Autofenster. Die Diamantspange hielt ich fest umklammert. »Und danke für alles!«

»Wir sehen uns dann im Siegring!«, schrie Mrs Phipps zurück, während der Transporter schon knirschend über den Kies der Auffahrt rollte.

Ich lehnte mich im Sitz zurück und schloss die Augen. Das war der letzte Abschnitt der Reise. Auf nach Aintree! Endlich!

9

Es war zwei Uhr früh. Unten auf der Straße leuchteten orange die Straßenlaternen. Ich konnte nicht schlafen und lauschte den Menschen, die nach einem langen Abend zurück ins Hotel auf ihre Zimmer kamen. Einige Jockeys waren bestimmt noch in der Bar. Und überall lag schon das Fieber des National in der Luft.

Ich wälzte mich hin und her. Drei Uhr. Noch wach. Ich drehte das Nachttischlicht an, drehte es wieder aus. Das Zimmer war heiß und stickig. Ich lag da und wünschte mir, ich hätte mich gegen Rory durchgesetzt und im Transporter geschlafen. Im Geist ritt ich die Strecke ein ums andere Mal ab. Ich konnte mir keinen Fehler leisten. So viele Menschen setzten auf mich …

Irgendwann musste ich eingeschlafen sein, denn als Nächstes erwachte ich vom Klingeln des Weckers.

Sechs Uhr. Der Morgen des Grand National. Ich streckte den Arm aus, zog den Vorhang auf und keuchte. Alles lag unter Schnee. Ich bemühte mich ruhig zu bleiben. Die dichte weiße Decke hüllte alles ein. Menschen gingen zu ihren Autos und wischten die weichen Flocken von Windschutzscheiben und Motorhauben. Die Autos fuhren, die Menschen gingen. Der Schnee lag nicht zu hoch. Es bedeutete nicht, dass das National abgesagt werden musste.

Das Telefon klingelte und ließ mich zusammenfahren. Es war der Chef. »Justina, worauf wartest du? Komm herunter zur Rezeption, bevor ich wieder im Krankenhaus lande! Ich gebe dir dreißig Sekunden.« Er bellte in alter Manier ins Telefon. Normalität kehrte in eine auf den Kopf gestellte Welt zurück. Der Chef war wieder im Spiel.

Ich raste die Treppe hinunter, viel zu sehr in Eile, um auf den Lift zu warten. Auf jedem Stockwerk hasteten aufgeregte Menschen mit Ferngläsern und Picknickkörben, Programmheften und Klappstühlen umher. Der Schnee hatte die Aufregung nicht gedämpft. Die Elektrizität in der Luft war phänomenal und dabei waren wir noch nicht mal auf der Rennbahn.

»Kein Grund zur Sorge, es taut bereits.« Der Chef las meine Gedanken. Wir saßen beim Frühstück und hätten es wohl beide nicht ertragen, wenn das Rennen abgesagt worden wäre. Zu hart hatten wir gearbeitet, zu viel aufs Spiel gesetzt. Emotional waren wir beide völlig ausgepumpt.

»Aber der Boden wird tiefer als ein irischer Sumpf sein. Wer auch immer heute ein heißes Tempo vorgibt, wird im zweiten Umlauf in die Knie gehen.« Die Besorgnis in seiner Stimme sandte mir einen Schauder über den Rücken. »Du musst ihn zurückhalten. Hat keinen Zweck, loszusprinten. Halte ihn, lass ihn nie mehr als zwei Längen Abstand zu den Übrigen gewinnen.«

Ich hätte gern gewusst, wie ich das seiner Meinung nach anstellen sollte, ohne ihm die Beine zu fesseln, aber ich behielt meine Gedanken für mich. Stattdessen schüttete ich den Kaffee hinunter, ich konnte eine gute Dosis Koffein vertragen.

»Ein komplettes englisches Frühstück?« Eine Bedienung schwebte vor uns und trug genug Nahrung für ein ganzes Regiment auf dem Tablett. Der Chef wies auf mich.

»Nein, ich glaube, eher nicht«, murmelte ich panisch, als die Bedienung das Tablett vor mir abstellte.

»Du brauchst Kraft!«, bellte der Chef und pikste mir in den Arm, als wäre er ein Hühnchenschenkel.

»Bloß gut, dass Sie mich nicht mit Spinat füttern«, grummelte ich und stach zögernd in ein Würstchen.

»Banjo Boy schafft den Schlamm. Falls er nicht stürzt, ist er gefährlich. Und du kennst die Stallfarben von Ben Le Sueur – er reitet ein Pferd, das immer die gleiche Geschwindigkeit beibehält, aber es hat Tonnen an Durchhaltevermögen. Lass ihn nicht vor dich gelangen.« Der Chef klopfte vor Erregung rhythmisch mit dem Messer auf den Tisch. »Von dem Rappen wissen wir rein gar nichts, aber heute Früh im Stall sah er knallhart aus. Ich wette, der geht aufs Ganze und findet immer seinen Absprung.«

Ich sah den Chef bewundernd an. Er plante das Rennen wie ein militärisches Manöver. Niemand würde je den Verdacht hegen, dass er frisch aus dem Krankenhaus entlassen war.

Es war erst halb sieben Uhr morgens. Seit wann schlich er wohl schon durch die Ställe und wägte die

Konkurrenz ab? Die Sicherheitsmaßnahmen auf der Rennbahn waren so strikt, dass niemand auch nur in die Nähe der Ställe kam, der sich nicht ausweisen konnte oder von einem Trainer persönlich begleitet wurde. Ein Schwarm Schmetterlinge flatterte mir im Magen herum. Ich legte beide Hände um die Kaffeetasse, damit der Chef nicht sah, dass sie zitterten. Nervosität war für ihn ein Zeichen von Schwäche.

»Herrje, jetzt weiß ich, wer Sie sind!« Eine Bedienung mit einem Tablett voller Blätterteigstückchen legte mir eine Hand auf die Schulter. »Sie sind diese Rennreiterin, die das National mitreitet. Schätzchen, Sie sind ja so zierlich. Das ist eine Sensation. Aber wenn ich Ihre Mutter wäre, ich würde Sie nicht mal in die Nähe der Bahn lassen.«

Sie ging weiter und ich hätte schwören können, dass sie gehört hatte, wie der Chef mit den Zähnen knirschte. Ich presste die Lippen zusammen um ein Lächeln zu unterdrücken, aber tief in mir hatte sie einen Nerv getroffen. Was ging wohl jetzt in meiner Mutter vor? Ich war ihr kleines Mädchen, aber gleich musste ich eine der härtesten körperlichen Prüfungen der Rennwelt bestehen.

»Ich muss meine Eltern noch sehen«, platzte ich heraus, »vor dem Rennen.«

»Selbstverständlich.« Der Chef schien zu verstehen. »Wir brechen jetzt auf, aber nicht durch den Haupteingang. Dort hängen grüne Vorhänge und der Teppich ist auch grün. Ich werde kein Risiko eingehen.«

An Renntagen ging er nie an der Farbe Grün vorbei, wenn es sich vermeiden ließ. An einem Tag wie diesem griff der Aberglaube ringsum wie Buschfeuer um sich.

Bald bekam ich mit, dass die Vorbereitungen für das Grand National von Traditionen durchwoben waren: Zum Beispiel ritten die Jockeys die Pferde immer frühmorgens zur Morgenarbeit auf die Bahn. Heute war ich unter ihnen.

Der Gedanke, auf den geheiligten Turf hinauszureiten, war überwältigend. Sprachlos blickte ich an der langen Reihe der siebenunddreißig Rennpferde entlang, die für das Morgentraining vorbereitet wurden.

Jockeys, Stallburschen und -mädchen, Trainer und Besitzer liefen voll aufgeregter Betriebsamkeit durcheinander, überprüften Pferde und Ausrüstung und tauschten Ratschläge aus. Die Atmosphäre war elektrisiert.

»Justina!«

Ich blickte wild um mich, als ich plötzlich bemerkte, dass der Chef nicht mehr an meiner Seite stand. Er lehnte vornüber gebeugt an einer Mauer und rang keuchend um Atem.

»Chef!« Ich eilte zu ihm und griff nach seinem Ellbogen. Und da begriff ich, dass es ihm keineswegs besser ging. Es war alles nur Schauspielerei. Er verbrannte die letzten Reserven und nur pure Tapferkeit hielt ihn aufrecht.

»Schrei nicht so! Ich kann alleine stehen, es geht

schon. Gib mir den Stock dort.« Er deutete auf seinen Gehstock, der auf einem tauenden Schneefleck lag.

Ich bückte mich rasch danach und hob ihn auf. »Chef …«

»Genug davon. Murphy ist derjenige, der zählt.« Er sah erschreckend aus. »Lass uns zur Sache kommen.«

»Er hat mehr Pfeffer im Hintern als jede Chilischote. Den hält nichts.« Scooby klopfte den Striegel aus und trat vor Stolz platzend von seinem Schützling zurück. Murphy sah sensationell aus. Das rote Fell glänzte wie poliertes Holz. Er zog am Führstrick und scharrte ungeduldig in den Sägespänen. Scooby hatte Recht. Er war in Topform.

Der Chef ließ die Hände über Murphys schlanke, eisenharte Beine und über den Rücken bis zur Kruppe gleiten. »Na gut, dann drauf mit dem Lederzeug! Ich will Schritt, Trab und einen langsamen Arbeitsgalopp auf der Geraden sehen, nichts Anstrengendes.«

Der Boden gluckste unter uns und jeder Schritt hinterließ einen nassen Abdruck. Murphy warf ungeduldig den Kopf hoch, er verstand nicht, warum ich ihn nicht vorwärts trieb. Alle Pferde scheuten und buckelten, während sie die Bahn entlangtrabten. Rennpferde sind zum Rennen geboren, nicht zur Gymnastik. Kein Wunder, dass sie flippten und überkochten.

Einem Grauen rutschte die Decke unter den

Bauch und ließ ihn bocken, bis sein Reiter durch die Luft flog. Eine kleine Gruppe ging nahe dem Start im Kreis Schritt und ich lenkte Murphy in diese Richtung. Ich wagte kaum einen Blick auf die berühmten Fichtenreisighecken zu werfen. Das kam später dran.

Plötzlich, ohne Vorwarnung, donnerten schwere Hufe von hinten auf uns zu. Ein Pferd streifte uns hart und Murphy brach zur Seite aus und warf sich herum. Ich kämpfte darum, nicht abgeworfen zu werden, als Murphy kerzengerade stieg. Er brannte vor Energie und das andere Pferd hatte Feuer an die Lunte gelegt. Genau das hatte der Chef vermeiden wollen.

»Hältst dich wohl für ganz schlau, was? Hetzt deine Barbiefreundinnen gegen mich auf und lässt sie den Stewards dumme Märchen über mich erzählen?«

Die Stimme war unverwechselbar. Ich nahm die Zügel kurz und wendete einen schaumbedeckten Murphy, um Dougie Barnes ins Gesicht zu starren.

Er kauerte im Sattel des Rappen und hielt ihn mit dem Stock unter Kontrolle. Sein Gesicht war wutverzerrt. Er hatte offensichtlich eine ernste Warnung von der Rennleitung erhalten.

»Es wird dir sowieso nichts helfen. Du glaubst doch nicht im Ernst, dass du das Zeug dazu hast, wenn wir uns gleich hinter dem Band aufreihen? Du wirst alle enttäuschen, nicht nur Mami und Papi, sondern das ganze Land, alle, die Geld auf deinem

Rücken aufhäufen und das dümmliche Märchen glauben. Jetzt bekommst du, was du verdient hast.« Er hieb dem Rappen über die Flanke und zwang ihn aus dem Schritt direkt in einen Galopp. Murphy wirbelte herum und stieg, halb von Sinnen, weil ich ihn nicht rennen ließ.

Sogar jetzt noch, sogar während ihm die Stewards schon auf den Fersen waren, wusste Barnes, wie er Ärger machen konnte, wo er das Messer hineinstechen musste. Murphy war schweißgebadet und aufgezogen wie eine Feder. Er verschwendete wertvolle Energie. Ich musste ihn beruhigen und seine Nerven entspannen, bevor er völlig in Stücke ging.

Wir trabten unkontrolliert seitwärts, aber als ich ihn beschwichtigen wollte, konnte ich selbst nicht aufhören zu zittern. Egal, wie sehr ich dagegen ankämpfte, Dougie Barnes hatte Zweifel in mir gesät. Wie konnte jemand wie ich auch nur die Bahn schaffen, von einem Sieg ganz zu schweigen?

»Reih dich außen ein. Lass ihn in der ersten Runde nicht zu weit ausgreifen. Gib ihm Rhythmus.« Der Chef und ich gingen die Bahn ab. »Bleib bis zum Becher's Brook ganz außen. An der Innenseite geht es am steilsten bergab, also lass ihn nicht nach innen treiben. Sitz ruhig. Vor einem großen Hindernis wie dem Becher's lässt du ihn am besten allein machen. Bis zum Canal Turn musst du dann an der Innenseite sein. Vorsicht vor reiterlosen Pferden. In diesem Abschnitt wimmelt es schon von ihnen.« Der

Chef hielt vor jedem Hindernis an und prüfte den Boden am Absprung. Er ratterte Anweisungen herunter. So vieles, woran ich denken musste.

Das Abgehen der Bahn, hier zu sein, der Geruch von Fichtenreisig und zertretenem Gras – die Bahn wurde in einer Weise lebendig, wie man es sich vor dem Fernseher nie vorstellen konnte. Allein schon, dass die Sprünge jetzt zehnmal höher aussahen …

Rory, der Chef und ich blieben zusammen und hielten uns entfernt von den anderen Reitern und Trainern. Sie witzelten und hänselten sich, um die blank liegenden Nerven zu überspielen. Ich wollte mich einzig und allein auf das vor mir Liegende konzentrieren.

Im Gegensatz zu beinahe allen anderen bestand der Chef darauf, dass wir die Bahn zweimal abschritten. In seinem Zustand und mit nichts als einem Gehstock als Stütze hielten Rory und ich das für eine geisteskranke Idee, wagten aber nicht zu widersprechen. Viereinhalb Meilen schwerer nasser Boden sind für jeden Menschen anstrengend, geschweige denn für jemanden, der frisch aus dem Krankenhaus kam.

Rory bemühte sich unterstützend zu wirken, aber ich sah die Sorge in seinen Augen. Jeder Sprung im zweiten Umlauf schien die Kräfte eines Pferdes zu übersteigen. Wir wussten, dass der Boden gegen uns arbeitete. Murphy würde ihn hassen, jeden einzelnen klebrigen, Kraft raubenden Tritt. Die dünne Schneedecke war bis auf ein paar alte Schneehaufen vollständig abgeschmolzen.

»Wenn du beim dreiundzwanzigsten bist, musst du abwägen, wie viel Energie du noch im Tank hast und wie stark die überlebenden Konkurrenten sind.«

Sprung sieben der ersten Runde und dreiundzwanzig der zweiten Runde trägt den großen Namen »Foinavon« nach einem Pferd, das einen Außenseitersieg mit einer Quote von hundert für eins errungen hatte. Er war der Einzige gewesen, der noch auf den Beinen war, als der Rest des Felds aufgegeben hatte, gestürzt oder von anderen Pferden zu Fall gebracht worden war. Es war genau die Sorte verrückten Glücks, von der ich jetzt eimerweise nötig hatte.

Zweifel nagten an mir, aber falls der Chef genauso besorgt war, zeigte er es jedenfalls nicht. Mir kam der Gedanke, dass er sich mit den zweihundertneunzigtausend Pfund Preisgeld zur Ruhe setzen und die Dinge etwas langsamer angehen konnte.

Der restliche Morgen und der frühe Nachmittag dehnten sich wie leere Kalenderblätter. Totzuschlagende Zeit, Wegwünschzeit. Alle Pferde waren nach einem leichten Frühstück wieder in ihren Boxen und hatten noch einmal Gelegenheit zum Ausruhen vor dem Rennen. Natürlich war es viel einfacher für sie, weil sie ja keine Ahnung hatten, was vor ihnen lag.

Rory und der Chef gingen vor mir her zu einem der Empfangsräume. Sogar heute, wo ich kaum einen zusammenhängenden Satz hervorbrachte, bestand der Chef darauf, dass ich mit Sponsoren, Reportern und möglichen zukünftigen Besitzern redete. Was hätte es genutzt, mich zu weigern? Ich hatte nicht die Kraft dazu. Dort draußen, Angesicht in Angesicht mit den Aintree-Sprüngen, war mir all mein Kampfgeist flöten gegangen. Ich holte tief Luft, als die Tür aufschwang.

»Dasdingda!« Meine Zwillingsbrüder, die meinen Namen noch nie richtig hatten aussprechen können, warfen sich mir in die Arme. Liebe und Wärme stiegen in mir hoch, bis ich kaum noch Luft bekam. Ich umklammerte sie, vergrub das Gesicht tief in ihren weichen, lockigen Haaren und spürte ihre zarten Arme um den Hals. Mum und Dad waren auch da und Großvater und Tante Glady und Nanny Beckett, die immer auf mich aufgepasst hatte, wenn Mum und Dad in der Arbeit waren. Hinter ihnen standen die Phipps und Mandy und jede Menge Leute aus dem Stall. Sogar Badger war da, im Nadelstreifenanzug.

Schluchzer der Dankbarkeit quollen in mir hoch, aber ich schaffte es, nicht zu weinen. Am meisten freute ich mich, als Mum auf mich zukam und mich umarmte. Da wusste ich, dass all die Jahre des Streitens verziehen waren. Jetzt stand sie ganz und gar hinter mir. Ich erkannte es in ihren Augen, an der Art, wie sie das Kinn hielt. Ich umarmte Dad und alle anderen und nippte dann an einem Glas Champagner und knabberte an einem halben Eiersandwich. Aber trotz all der Glückseligkeit entfernten sich meine Augen nie weit von der Uhr an der Wand. Ich beobachtete, wie der Zeiger näher und näher an die Zeit heranrückte, zu der ich den Raum verlassen musste.

Rory stand auf der anderen Seite des Raums, einen Finger im Ohr, und schrie in ein Handy hinein. Etwas in seiner Haltung sagte mir, dass er einen Ritt hatte. Er drängelte sich zu mir durch, noch bevor er das Gespräch beendet hatte.

»Ich bin drin«, grinste er und warf das Handy in die Luft. »Dieser hoffnungslose Gaul, den ich mir angeschaut habe. Der Jockey ist ausgestiegen. Wahrscheinlich stürzen wir schon am ersten Hindernis, aber ich bin dabei! Ich bin beim National! Ich geh mal besser und suche den Trainer.«

Seine Zuversicht machte mir meine Schwäche noch bewusster. Er sollte ein Pferd um die Bahn des Grand National reiten, auf dem er nie zuvor gesessen war. Ich dagegen ritt den Favoriten und war kopflos vor Angst.

»Mum, ich muss dir etwas sagen. Jetzt gleich – am besten auf dem Klo …« Ich zog sie am Arm dorthin. »Ich kann es nicht! Du musst es dem Chef sagen, er hat noch Zeit, einen anderen Jockey zu finden.« Ich zitterte unkontrolliert und fühlte mich heiß und fiebrig vor Panik.

Mum starrte mich einen Moment lang verständnislos an, dann legte sie mir eine Hand auf die Schulter, die andere unter das Kinn. »Jetzt hör mir mal gut zu. Du bist meine Tochter. Ich kenne dich in- und auswendig. Ich will nicht leugnen, wie entsetzt ich war, als ich dich vor zwei Jahren in diesem schmuddeligen, flohverseuchten Cottage absetzte. Ich hoffte, du würdest scheitern und in die Schule zurückkehren. Aber du hast mir bewiesen, dass ich Unrecht hatte. Du hast Mut und Entschlossenheit gezeigt und wie eine Verrückte gearbeitet um etwas aus dir zu machen. Ich bin stolzer auf dich, als ich ausdrücken kann. Wenn du jetzt kneifst, wirst du dich den Rest deines Lebens hassen. Es geht nicht ums Gewinnen, es geht ums Tun! Sogar wenn du nur einen Umlauf schaffst, ist das eine Leistung. Du wirst Hunderten, Tausenden junger Mädchen Mut machen. Wie viele Menschen in deinem Alter erhalten diese Chance?«

»Dark Stranger, Listen Timmy, Inis Cara, Edmond, You're Agoodun ...« Die Namen flimmerten über den Bildschirm. Jubel- und Schlachtrufe tönten durch die Waage, während siebenunddreißig Jockeys sich auf das Ereignis vorbereiteten. Musik von Paraden vergangener Siege drang durch den Raum. Verschiedene Rasierwasser und Deodorants vermischten sich mit der in der Luft liegenden Aufregung. Auch die blasiertesten Jockeys saßen still bei ihren Haken und bereiteten sich auf das vor ihnen Liegende vor.

Ein Helfer befestigte Melody Phipps' Diamantspange an meinem Stock und band die schwarzburgunderrote Seide um den Rennhelm. Meine Finger waren taub wie Wiener Würstchen, aber nicht mehr wegen der Angst. Jetzt lag es an der aufwühlenden, prickelnden Erregung und dem Wunsch, endlich loslegen zu dürfen. Von draußen wehten das Stimmengewirr und der Lärm Tausender aufgeregter Zuschauer herein.

Wir wurden zu einem Gruppenfoto hinausgerufen. Die allgemeine Freundlichkeit war unglaublich. Alle Jockeys waren durch dieselben Gefühle verbunden.

Nur Dougie Barnes hielt Abstand. Als wir uns vor dem Fotografen aufreihten, wurde ich in die Mitte der ersten Reihe gerufen, wo ich in die Hocke gehen sollte.

Ich konnte den Blick nicht von dem berühmten Siegring mit seinem üppigen Blumenschmuck, dem grün-beigefarbenen Dekor und dem Überhang über dem Eingang nehmen. So viele siegreiche Jockeys hatten sich hier schon flink ducken müssen, als ihr Pferd darunter durchgeführt wurde. Ich fragte mich, ob heute ich an der Reihe war. Ich nahm alles mit der gebührenden Ehrfurcht in mich auf.

Die Einweisung der Stewards war kurz und scharf. »Verlieren Sie nicht den Kopf. Das Geläuf ist so schwer, wie es überhaupt sein kann, also lassen Sie sich Zeit. Keine Rennen im ersten Umlauf. Reiten Sie sicher. Viel Erfolg.«

Ich sah mich verzweifelt in dem Durcheinander aus Rennfarben nach Rory um. Wir waren an den entgegengesetzten Enden des Felds gelandet. Jetzt war wahrscheinlich die letzte Gelegenheit, mit ihm zu sprechen, bis das Rennen vorbei war. Im letzten Moment, bevor wir hinaus in den Ring ritten, entdeckte ich die orangefarbenen Kringel.

»Ich liebe dich«, sagten mir seine Lippen.

»Ich dich auch«, grinste ich zurück.

Die Parade entlang der Haupttribüne schien nie mehr enden zu wollen. Der Jubel war ohrenbetäubend und zu allem Überfluss erklang darüber noch ein Tusch. Es konnte einem glatt die Trommelfelle zerfetzen. Murphy platzte vor Energie, er tänzelte elegant und warf sich in Pose. Ich nahm die Füße aus den Steigbügeln um ihn zu beruhigen und tat so, als ginge es gar nicht zu einem Rennen. Ich streichelte ihm den dampfenden Hals und sprach auf ihn ein. Scooby führte uns und schritt stolz aus. Alle paar hundert Meter erhob sich neuer Jubel in der Menge.

Eine Schneeflocke landete auf meiner Nasenspitze. Und noch eine. Und noch eine. Es schneite in Aintree. Plötzlich war alles gedämpft, als hielte der ganze Platz den Atem an. Dicke, weiche Schneeflocken fielen aus dem schweren Himmel, bis eine weiße Decke die Sicht verhüllte. Pferde brachen seitlich aus und Jockeys zogen die Köpfe ein. Murphy schnaubte in die kalte Luft. War's das? War das, wie der Traum enden würde? Ich schloss verzweifelt die Augen. Keine Chance, dass sie das Rennen bei so einem Wetter durchführen würden.

10

»Was passiert jetzt?« Der Jockey auf dem Pferd vor mir hatte kehrtgemacht und ritt an der Reihe der Renner entlang, aber wir wurden immer noch in Richtung Bahn geführt. Niemand schien auch nur einen Schimmer zu haben, was zu tun war. Der stete Schneefall erstickte alle Geräusche.

Die Pferde rutschten bereits. Schnee klumpte in ihren Hufeisen und verwandelte sie in panisch herumschlitternde Nervenbündel. Das normalerweise kontrollierte, wohl organisierte Ereignis befand sich in Auflösung. Scooby legte Murphy eine Hand auf den Widerrist um ihn ruhig zu halten, aber Murphy war in Rennstimmung. Er verstand die Verzögerung nicht.

»Wir sollen umkehren!« Eine Stimme erklang von vorn. »Alle umkehren und in den Führring zurück!«

War's das also? War das Rennen abgesagt oder nur verschoben? Ich saß wie angenagelt, als Murphy halb stieg und es ihm dabei um ein Haar die Hinterbeine unter dem Leib wegriss. Scooby klammerte sich verbissen am Zügel fest. Von oben von der Haupttribüne erklangen gedämpfter Lärm und Durcheinander, Leute standen auf und setzten sich. Niemand wusste, ob das Rennen stattfinden würde.

Die Pferdereihe wendete und zog mit zwischen die Knie gezogenen Köpfen und eingeklemmten Schweifrüben zurück in die Umzäunung. Trainer und Stallburschen beeilten sich, mit Decken die empfindlichen Kruppen zu schützen. Es war eine Katastrophe, wenn die derart fein abgestimmten Tiere jetzt auskühlten. Sie mussten so warm wie möglich gehalten werden. Ich sprang von Murphys Rücken und unser Team ging sofort an die Arbeit.

Der Chef warf mir eine wasserdichte Jacke über die Schultern. »Geh mit den anderen Jockeys. Hier ist nicht dein Platz.«

Ich wollte viel lieber bei Murphy bleiben und ihn beruhigen.

Die Gruppe der Reiter lief geduckt und bedrückt zur Waage. Ungläubiges Murren und Schimpfworte ertönten aus den vorderen Reihen, als die Stewards uns nicht mehr hineinlassen wollten, weil wir schon offiziell gewogen waren. Die einzige Alternative war, uns alle in dem Zelt mit den Waagen zusammenzudrängen. Wenigstens waren wir dort unter Dach.

»Sie holen Hubschrauber, um den Schnee von den Sprüngen zu blasen. Auch von Absprung- und Landeflächen.« Mehr schienen die Stewards auch nicht zu wissen, aber das hob schon deutlich die Stimmung.

Alle Reiter wollten raus und anfangen. Auf nichts anderes hatten sie sich programmiert.

»Dein Gaul sieht nicht besonders gut aus.« Dougie Barnes lehnte sich zu mir herüber, ein bösartiges Lächeln auf dem Gesicht. Ich wartete nicht ab, was er noch zu sagen hatte, sondern drängte mich durch die dicht an dicht stehenden Körper und stieg zur

Veranda hoch, von wo aus ich den Führring überblicken konnte.

Ein Keuchen drang Unheil verkündend unter dem Meer aus Schirmen um den Führring hervor. Ich schaute in seine Richtung. Murphy warf sich hin und her und schlug wild mit dem Kopf und den Vorderbeinen. Scooby und Badger hielten ihn nur mit Müh und Not fest. Mir war übel vor Verzweiflung und Hoffnungslosigkeit. Er kochte total über. Er trieb sich selbst in völlige Raserei. Er erschöpfte sich, bevor wir überhaupt anfingen.

»Da bist du ja!« Rory trat neben mich. »Ich hab überall nach dir gesucht.«

Ich konnte mich nicht bewegen oder sprechen. Ich war zu sehr davon in Beschlag genommen, zuzusehen, wie all meine Mühe und Träume im Schnee dahinschmolzen.

Dann plötzlich: »Es hört auf!«

Jubel stieg von den Jockeys auf. Ein Sonnenstrahl schnitt durch die grauen Wolken. So schnell er begonnen hatte, hörte der Schnee nun auf zu fallen. Die Pferde schüttelten die Mähnen und traten leichter auf.

Nach einer weiteren halben Stunde hatte man uns wieder aufsitzen heißen. Die Bahn war wieder benutzbar. Sogar die Sonne war hervorgekommen.

Nur Murphy war nicht in Ordnung. Ich wusste es, sobald wir den Aufgalopp zum ersten Hindernis ritten. Er hatte sich aufgerieben – er hatte nicht mehr den gewohnten Schwung.

Andere Pferde stürmten vorbei und drängten ungeduldig gegen die bremsenden Zügel. Jockeys trieben ihre Pferde dicht an die Reisighecke heran. Einige scheuten, einige wollten sie fressen, aber nur wenige begriffen, dass sie drüberspringen sollten. Murphy glotzte nur desinteressiert. Er hatte abgeschaltet. Am liebsten hätte ich geweint.

Wieder am Start formierten wir uns zu zwei großen Zirkeln. Die Anspannung stieg. Die Scherze verstummten. Alle Reiter konzentrierten sich auf das Rennen. Alle waren nervös. Über uns flog ein Hubschrauber um aus der Luft zu filmen.

Ich sah Rory die Hand heben und mir »Viel Glück!« zurufen, aber ich hing wie in einem Vakuum fest. Darin gab es nichts als Murphy und die Aufgabe, die vor uns lag.

Der Starter rief uns: »Bitte stellen Sie sich auf!«

Die Pferde schoben sich vor und zurück. Ich nahm die Zügel kürzer. Von der Haupttribüne stieg tosendes Geschrei auf. Dann flog das Band hoch. Wir waren los!

Siebenunddreißig Pferde schossen vorwärts über die Melling Road, die Aschenbahn. Wir erreichten den ersten Sprung. Ein paar Pferde verweigerten panisch. Zu meiner Rechten stürzte eines. Zu meiner Linken scheute ein anderes. Murphy kletterte ohne großen Enthusiasmus über den Sprung. Er hatte die Ohren flach an den Kopf gepresst. Das Schwirren der Hufe durch das Reisig des Sprungs war erschreckend laut.

Der nächste Sprung. Und der nächste. Jeder Muskel, jede Faser in Murphys Leib hasste den schweren Boden. Er ging lustlos und niedergeschlagen. Wir überlebten, weil er sich an den stürzenden Körpern vorbei seinen Weg suchte, einmal wirbelte er sogar in der Luft herum um auszuweichen, aber wir hingen um Meilen hinter der *Pace*. Zum ersten Mal in Murphys Rennkarriere liefen wir am hinteren Ende des Feldes. Weiter hinten als wir ging nicht mehr.

Ich schwor mir aufzugeben, wenn er bis zum Canal Turn nicht besser lief. Aus Schnee und Matsch zusammengepresste Schneebälle flogen wie Geschosse aus den donnernden Hufen hoch. Ich sah fast nichts. Die Schutzbrille war beschlagen. Verzweifelt riss ich sie mir von den Augen und umklammerte erneut die Zügel.

Becher's! Nicht weit vor uns rannte ein reiterloses Pferd quer über die Bahn. Der Lärm der Massen war unglaublich. Der Boden ploppte und saugte bei jedem Tritt an den Hufen. Wir trieben langsam von der Geraden ab. Zu unserer Rechten gab es einen Stau und wir gerieten in den Pulk.

»Murphy – hör mir zu!« Ich schrie ihm in die zurückgelegten Ohren, sprach auf ihn ein, bemühte mich seinen Kampfgeist neu zu entfachen. Es war unsere einzige Chance, wenn wir im Rennen bleiben wollten. »Pass auf! Jetzt ein bisschen schneller! Vorsicht! Auf der anderen Seite geht's bergab. Nicht zu knapp abspringen! Ruhig jetzt. Komm wieder zu mir!«

Es funktionierte. Die großen roten Ohren gingen unmerklich in die Höhe. Er wechselte den Galopp und konzentrierte sich. Becher's sauste auf uns zu. Sprung sechs. Er ragte hoch wie ein Wald vor uns auf. Wir sprangen gleichzeitig mit zwei anderen Pferden ab und malten einen Bogen in die Luft. Höher. Höher. Er schaffte es! Andere Pferde brachen mitten hindurch, aber Murphy berührte kein einziges Zweiglein!

»Ruhig jetzt! Ruhig, mein Junge!«

Der Abhang war endlos. Ich ließ die Zügel durch die Finger gleiten und lehnte mich nach hinten, bis ich fast den Schweif berührte. Der Aufprall bei der Landung vibrierte durch seine Beine direkt hinauf in meinen Leib wie ein Erdbeben. Er war noch auf den Beinen! Ich schnappte nach den Zügeln und stellte ihn wieder zusammen. Wir waren heil geblieben. Wir hatten Becher's Brook überlebt, den berüchtigtsten Sprung des Grand National. Ich spürte berauschend das Adrenalin in mir aufsteigen.

»Ruhig jetzt, ganz ruhig! Als Nächstes kommt Foinavon, der berühmte siebente Sprung.« Wir nahmen ihn glatt. »Der Canal Turn als Nächstes, den musst du im Winkel springen, mein Junge! Wir dürfen nicht noch mehr Boden verlieren. Du musst dich in der Luft drehen, verstanden?« Die Geschwindigkeit riss mir die Worte vom Mund, aber Murphy besaß einen sechsten Sinn für das, was ich von ihm wollte. Er wusste es immer. Ich spürte, wie er sein Tempo anpasste.

Fernsehwagen rasten weit vor uns neben der Spitze des Feldes her. Wir waren Drittletzte. Der Boden war umgepflügt und die Sprünge verwüstet, aber wir fanden wie eine Katze unseren Weg. Der Glaube war zurückgekehrt. Wir konnten es schaffen.

»Mach dich bereit, Murphy. Noch drei Galoppsprünge. Warte! Ruhig. Jetzt! Jetzt! Und drehen! Dreh dich!«

Wir wirbelten in der Luft herum. Enger hätten wir nicht wenden können. Murphy fand den Boden und stürmte weiter.

Jetzt musste ich eine Entscheidung treffen. Sollten wir anhalten oder weitermachen? Falls wir weitermachten, war es eine fast übermächtige Aufgabe – wir mussten das gesamte Feld überholen. Und er hatte so viel Energie schon vor dem Rennen verloren. Und der Boden war sumpfähnlich und gefährlich.

»Sag mir, was wir tun sollen, Murphy. Sollen wir weitermachen?« Ich lehnte mich eng an seinen Hals, das Gesicht nass und schlammbedeckt. Es lag bei ihm. Ich wartete auf eine Botschaft, ein Signal.

Er streckte sich. Er senkte den Kopf und biss auf die Trense. Ich spürte seinen Willen erwachen. Er traf eine bewusste Entscheidung: Er rannte mit mir davon. Er nahm mir das Rennen aus den Händen. »Also los, Murphy! Du kannst es, du kannst es! Du bist der Beste!«

Er rannte. Ich saß ganz still und ging in seinem

Rhythmus auf. Wir holten uns die anderen Pferde eins nach dem anderen, liefen an der Außenseite in einem schonungslosen, hämmernden Galopp. Wir flogen über Valentine's, Sprung neun. Weiter. Weiter. Gewannen an Boden. Am Chair, Sprung fünfzehn, stürzte eine ganze Gruppe auf einmal. Ich erkannte Rorys orangefarbene Kringel, aber er war auf den Beinen, unverletzt.

»Los, Murphy, los!« Er brüllte uns Anfeuerungen nach.

Wir flogen. Vor uns ragte der Sprung mit Wassergraben auf. Sprung sechzehn. Murphy fegte darüber hinweg, spreizte alle viere von sich und überholte noch im Sprung zwei Pferde. Als wir an der Haupttribüne vorüberflogen, erhob sich donnernder Applaus. Murphy horchte auf und es trieb ihn an. Als wir zum letzten Mal über die Melling Road hinwegjagten, war das halbe Feld schon aus dem Rennen. Vor uns liefen neun Pferde im Pulk. Der Rappe lag weitab in Führung.

Es war noch alles drin. Vor mir tauchte verschwommen das Gesicht des Chefs auf. »Schätz die Situation genau ein. Du musst blitzschnell denken. Leg dir deine Strategie zurecht«, hatte er zu mir gesagt. Jetzt war ich wieder an der Reihe, die Verantwortung für das Rennen zu übernehmen. Ich musste reiten wie nie zuvor in meinem Leben.

Als wir uns der Gruppe vor uns näherten, schätzte ich ab, wer noch Reserven im Tank hatte. Banjo Boy sah völlig ausgebrannt aus. Zwei Pferde zu meiner

Linken fielen erschöpft zurück. Der Rest war schwer einzuschätzen, aber der Rappe lief immer noch auf Hochtouren und legte noch mehr Distanz zwischen sich und den Rest.

Wir erreichten zum zweiten Mal den Becher's. Die ganze Bahn war mit Reisig übersät. Zwei Löcher am Rand des Sprungs waren offensichtlich unsere beste Option. Murphy hüpfte darüber und war verärgert, dass ich ihn um das echte Hindernis betrogen hatte. Sein Kampfgeist flammte hell. Jedes Mal, wenn wir ein Pferd überholten, flogen seine Ohren nach hinten und er wurde noch schneller. Jetzt genoss er jede Minute.

Ich stellte ihn zum zweiten Mal an den Canal Turn und hätte schwören mögen, dass er sich an die Lektion erinnerte, die der Chef uns daheim in Dolphin gegeben hatte. Er sprang in vollkommener Manier. Dann Valentine's. Sprung zweiundzwanzig. Melling Road. Drei Pferde fielen aus. Wir jagten weiter. Die Erschöpfung ließ mich schwach im Sattel hängen. Ich musste mich an einer Hand voll Mähne festhalten. Obwohl ich mir Mühe gab, war mein Körper schlaff und der Kopf orientierungslos. Seit Becher's in der ersten Runde hatte ich wahrscheinlich kein einziges Mal Luft geholt.

Wir landeten zum letzten Mal hinter dem Chair und plötzlich hatten wir niemanden mehr vor uns außer dem Rappen. Jetzt rannten wir auf gleicher Höhe mit dem Fernsehwagen. Wir waren von oben bis unten mit Schlamm bespritzt, als hätte uns jemand mit einer Farbkanone angegriffen. Die Schutzbrille baumelte mir unter dem Kinn und die Seide am Helm hatte ich längst verloren. Aber Murphy jagte unbeirrt vorwärts, nahm den Wassersprung mit Leichtigkeit. Er hatte ein einziges Ziel und auf das raste er mit vollem Einsatz zu.

Plötzlich kam die Liverpoolkurve in Sicht, wo die Rails abbogen und die Pferde auf die Gerade zum Zielpfosten lotsten. Die Zielgerade des Grand National zieht sich hin wie ein eigenes Rennen und der Rappe lag immer noch gut zehn Längen vor uns. Der Lärm von der Haupttribüne war beeindruckend. Jede einzelne Person dort musste aufgesprungen sein und schreien, was die Lungen hergaben. Murphy schwankte und zögerte. Er war leer. Er konnte nicht mehr auf den Applaus seiner Fans reagieren. Er hatte alles gegeben.

»Ist okay, Junge, gut gemacht.« Ich klopfte ihm ein ums andere Mal den Hals. Er hatte ein Wunder vollbracht. Ich platzte vor Stolz. Wir waren Zweite und das war eine unglaubliche Leistung für ein Pferd, das die Leute als wertlosen Schrott bezeichnet hatten, und für eine halbe Portion von einem Mädchen.

Immer noch schrie die Masse aus vollem Hals. Ich sah, wie der Rappe vor uns taumelte und driftete. Dougie Barnes sah sich um und grinste, als er erkannte, dass wir keine Bedrohung darstellten. Der Zielpfosten kam in Sicht. Ich ließ die Zügel locker. Unter keinen Umständen würde ich Murphy noch mehr abverlangen. Er hatte seine Seele gegeben. Er war der Star und der Liebling der Massen und sie liebten seine Tapferkeit. Ich senkte den Kopf und bereitete mich darauf vor, in aller Ruhe über die Ziellinie zu galoppieren.

Doch plötzlich nahm sich Murphy erneut das Gebiss. Er sprang noch mal an, er machte wertvolle Längen gut. Die Zuschauer drehten fast durch. Er senkte den Kopf und streckte sich, griff nach der Ziellinie. Ungläubig sah ich, wie sich der Abstand zwischen uns verringerte. Der Rappe war am Ende. Er hatte nichts mehr zu geben. Er hing nur noch an einem Faden. Und Murphy hatte einen Entschluss gefasst. Er hatte seinen Second Wind erreicht. Der Lärmpegel von der Haupttribüne war unglaublich. Murphy reagierte in einer letzten mutigen Anstrengung. Wir schoben uns Schulter an Schulter neben den Rappen. Ich sah die Panik auf Barnes' Gesicht, als Murphy den Hals streckte. Ich erkannte den Zielpfosten. Murphy hatte das Grand National gewonnen!

Ich brach auf seinem Hals zusammen. Jetzt durfte ich nicht runterfallen, nicht jetzt! Ich klammerte mich an die Mähne und sah, wie von beiden Seiten Polizeipferde heranrückten. Ich stand unter Schock. Murphy musste allein seinen Weg von der Bahn finden. Erschöpfung und Hochstimmung strudelten in mir durcheinander. Der laute Jubel ringsum ließ nicht nach. Die Menschen weinten und lachten, umarmten sich, schrien laut. Alle waren sich bewusst, was wir getan hatten. Alle außer mir. Murphy hatte jenseits des Vorstellbaren Mut gezeigt. Das ganze Land reagierte darauf mit einer tief empfundenen Freude. Und plötzlich traf es mich wie ein Schlag. Wir hatten es geschafft! Wir hatten gewonnen!

Murphy trat ohne einen Moment zu zögern hinaus in die chaotische, drängende und schiebende Menschenmenge. Er ließ die Ohren spielen und saugte die Bewunderung in sich ein. Alle wollten ihn anfassen, wollten das große rote Pferd berühren.

Ich war schwach wie ein neugeborenes Kitz, weinte und lachte gleichzeitig, aber irgendwie gelang es mir, mich in dem winzigen Sattel zu halten. Dann sah ich Rory durch die Menge drängen. Ich wollte ihn ganz nah bei mir haben. Donnernder Applaus stieg auf und ich duckte mich rasch, als wir in den berühmten Siegring geführt wurden. Ich registrierte Scooby, der die Arme um Murphys Hals geschlungen hatte und wie ein Baby weinte. Und den Chef in Tränen und jenseits aller Worte bewegt. Zusammen hatten wir das Unmögliche vollbracht. Meine Eltern schoben sich durch die Menschen auf mich zu, Tränen in den Augen. Reporter stürmten mit Mikrofonen in unsere Richtung. Ich glitt aus dem Sattel und umarmte Murphy. Ich brauchte eine Minute für uns, ich musste ihm jetzt verzweifelt danken, danken für seine unglaubliche Stärke und Tapferkeit. Zusammen hatten wir Geschichte geschrieben, hatten einen Traum wahr werden lassen. Aber vor allem anderen war er der Champion der Leute und würde ihnen Inspiration sein, solange er lebte.

Ich spürte eine vertraute Hand auf der Schulter, eine schlammige Wange und Lippen auf dem Gesicht. Rory schwenkte mich herum und warf mir die Arme um den schlotternden Leib. Da wusste ich mit Gewissheit, dass es Wirklichkeit war, dass es wirklich und wahrhaftig geschehen war. Ich küsste ihn, voll von einer Liebe, die ein Leben lang andauern würde, und fühlte mich, als würde ich gleich abheben.

»Du hast's geschafft, Jus! Du hast das Grand National gewonnen! Du bist ein echter Champion!«

Das war ich. Aber mehr noch mein wundervolles Pferd, Murphy's Law.

Glossar:

Becher's Brook: berüchtigtes festes Hindernis in Aintree, der Bahn für das ***Grand National***

Bob Champion, Frankie Dettori, Richard Dunwoody, John Francome: berühmte englische Jockeys

Desert Orchid: »National Hero«; ***Desert Orchid*** gewann das King George VI Jagdrennen viermal, und zwar in den Jahren 1986, 1988, 1989 und 1990; bis heute ein ungebrochener Rekord.

Form: Die Gesamtheit aus Kondition, Trainingszustand, Alter, bisher erzielten Siegen und Plätzen, aus denen man Hinweise auf die Gewinnchancen eines Rennpferds ziehen kann.

Grand National: Wichtigstes Jagdrennen Englands ist das ***Grand National Steeplechase*** in ***Aintree*** bei Liverpool. Andere wichtige englische Hindernisrennen sind das King George VI in Kempton und der Cheltenham Gold Cup in Cheltenham.

Hindernisrennen: Pferderennen über künstliche oder natürliche Hindernisse. Man unterscheidet ***Hürdenrennen*** über bewegliche Reisighürden oder Hecken, und ***Jagdrennen,*** die auch ***Steeplechase*** genannt werden, über feste, schwere Hindernisse. Die

Pferde nennt man entsprechend Steepler und Hürdler. Insgesamt werden die verschiedenen Hindernisrennen in England als National Hunt bezeichnet.

Jockey: In Deutschland darf sich ein Rennreiter erst ab dem fünfzigsten Rennen Jockey nennen; in England gibt es diese Unterscheidung nicht.

Jockey-Klub: oberste Behörde des Galoppsports in England

Jodhpurs: Knöchellange Reithosen, im Gegensatz zu ***Breeches,*** kurzen Reithosen, und ledernen ***Chaps,*** die man sich als Schutz über die Hosen schnallt.

Lot: Ausritt; jeweils die erste, zweite, x-te Gruppe Rennpferde, die zum Morgentraining auf die Trainingsbahn »ausreitet«.

Pace: Tempo

Racing Post: Englische Tageszeitung, die sich fast ausschließlich mit Pferderennen beschäftigt.

Rails: Weißer Zaun, der die Rennbahn auf beiden Seiten begrenzt.

Red Rum ist ein berühmter Sieger des ***Grand National***. Weitere berühmte Rennpferde waren ***Arkle, Aldiniti, Corbière, Crisp*** *u. a.*

Steward: Mitglied der Rennleitung, das für die Rennen verantwortlich ist

Stock: Während man bei der normalen Reiterei von ***Gerten*** spricht, verwendet man bei der Rennreiterei einen so genannten ***Stock*** bzw. bei Jungpferden eine ***Reitklappe*** um sie anzutreiben.

Waage: Dort werden die Jockeys vor und nach den Rennen gewogen. Dabei dürfen sie ein je nach Rennen festgelegtes Gewicht weder über- noch unterschreiten. Außerdem die Bezeichnung für das Gebäude, in dem sich die Rennreiter auch umziehen.

Wettquote: Der Geldbetrag, der bei erfolgreicher Wette ausgezahlt wird. Die Quote wird stets auf der Grundlage von 10 Pfund Einsatz angegeben (Beispiel: 50 für 10 bedeuten 50 Pfund Auszahlung bei 10 Pfund Einsatz). Hat man nur für 2,50 Pfund gewettet, erhält man also nur ein Viertel der Quote, für 5 Pfund die Hälfte usw.